NIGHT HEAD《ナイトヘッド》 2041
（下）

飯田譲治
協力 梓 河人

講談社
タイガ

カバー写真 | Shutterstock.com
デザイン | 坂野公一（welle design）

目次

NIGHT HEAD 2041 (下)

第四章

1

『……反政府活動家によるAJM放送局ビル襲撃は、国家保安隊のめざましい活躍によって迅速に対処され、収束しました。首謀者とみられる男はその場で射殺されており、今後は組織の規模や構成された経緯など、背後関係の解明に向け捜査が進められる模様です』

AJM——オールジャパンメディア国営放送内に設置されたモニターでは、男性アナウンサーの声で臨時ニュースが流れている。保安本部特務部隊本部長、本田大輔《ほんだだいすけ》はエレベーターの中でそれを観ながらテレビ局の地下駐車場に向かっていた。

壁と一体化した小型テレビサイズの画面には、さっきまで本田がいたメインスタジオが映っている。救急隊員に運ばれていく重傷のスタッフたち、破壊された撮影機材、指示を飛ばしている戦闘スーツ姿の保安隊員。銃痕《じゅうこん》が残ったパネルの前で、横井《よこい》まゆみアナウンサーが涙ぐみながらインタビューを受けていた。

『レ、レジスタンスの言う通りにするしかありませんでした。威圧的で、ここで殺されるのかと――怖くて怖くて――ううっ』

横井アナウンサーは手で顔を覆《おお》わずに泣き崩れる。プロのマスコミ根性だ。彼女は今、命の危機に瀕《ひん》したという体験で最高視聴率を稼いでいる。画面は彼女の泣き顔のアップのあと、灰谷裕一郎《はいたにゆういちろう》評論家の映像に切り替わった。

『ほ、保安隊の方々には、心から感謝します』灰谷は額の汗をせかせかとぬぐった。『彼らがいなかったら、今ごろわたしはどうなっていたか。日本はすばらしい。保安隊の力は偉大です』

本田は背中がむず痒《がゆ》くなった。さすが政府お抱《かか》えの評論家、真っ先に国に有利な宣伝を口にしてくれるのはいいが、演技がクサい。

『灰谷先生』レポーターが言った。『首謀者は、先生を、いわゆる超能力で傷つけ、それを放送すると言っていましたが、それについてどうお考えですか?』

ひとつまちがえば、霧原直人《きりはらなおと》のサイコキネシスが全国に放映されるところだった……ということは、実はあり得ない。レジスタンス組織に潜入してたマイクからの情報で、事前に放送乗っ取り計画を把握していた本田は、テレビスタッフとして保安隊員を放送局内に潜入させていたのだ。そして、レジスタンスに番組を乗っ取られたと見せかけ、二分間遅れで放映させていた。保安隊のイメージダウンになるようなシーンはもちろんカット済みで。このインタビューも保安隊に有利な部分だけを編集し、本田がすでにオーケーを出したものだ。おそらくこの瞬間、視聴者は興味津々で灰谷の答えに耳をすませているだろう。

『ばかばかしい、そんなことができるわけがない』灰谷はばっさり切り捨てた。『超能力でわたしを傷つけるなんて、嘘《うそ》もはなはだしい。きっとなにかのトリックを使って傷ついたように見せかけようとしてたんだ。わたしはあらためて断言します。この世界に、超能力なんてものはあり得ない。ありませんっ』

本田はひとり満足の笑みを浮かべた。このくらいわざとらしいほうが視聴者には響く。まったく適材適所、灰谷は心の底から超能力はないと信じきっている。もし、自分の足元の地下で実際に起きていたことを知ったら卒倒するだろう。

エレベーターが地下二階に到着し、ドアが開く。とたんに燃えるガソリンと消火剤の臭いが鼻をついた。めちゃくちゃに破壊された駐車場で、黒焦《くろこ》げの車を消防士たちが取り囲んでいる。

これまた派手にぶっ壊してくれたもんだ。本田はほとんど感嘆して二匹の怪獣が暴《あば》れ回った跡を見回した。ここで能力対抗試合でもやったのか？　クラッシュした二台の車が巨大なボール状になって転がっている。脳内のイメージだけでこんな力を出せるとは、灰谷評論家にいっぺん見せてやりたいくらいだ。本田は天井に残っている防犯カメラを見あげた。

あそこにお宝映像が眠っているかもしれない。流出しないうちにすぐに回収させなくては。それにしても、タクヤはどこだ……？

すでに黒木《くろき》タクヤからは事件の報告を受けている。戦いの最中に霧原直人が消えてしまい、遺体もどこにも見つからないと。この惨状を見る限り、タクヤもだいぶパワーアップしたようだが、心臓はタフになったのか毛が生《は》えたのか、幸いにして今回はフリーズしなかったらしい。あたりを見回した本田は、自動販売機の前に座り込んでペットボトルのミネラルウォーターを飲んでいる本人を見つけた。

顔は煤《すす》で黒く汚れ、ヘルメットもかぶっていない。命知らずのタクヤのロングヘアはボサボサに乱れ、山火事にあったリスの尻尾《しっぽ》のように焼け焦げていた。

「タクヤ」本田は歩み寄った。「ユウヤから連絡があった。弟の直也《なおや》も消えたそうだ」

ペットボトルから離したタクヤの濡《ぬ》れた唇《くちびる》がぽかんと丸くなった。

まばゆい異様な閃光《せんこう》とともに三人が『消えた』――霧原トイズ内のレジスタンスのアジトに突入したユウヤはそう報告してきた。霧原直也と、正幸《まさゆき》少年の母親・立花美紀《たちばなみき》、そして女性レジスタンスのエミリ。三人がいるのを透視能力で確認してから部屋に突入したが、誰もいなくなっていたそうだ。

「消えた——こっちと同じだ」タクヤは啞然《あぜん》として言った。「直人のやつも花火みたいに消えちまった。いったいどういうことですか?」

「タクヤ、こっちが聞きたいくらいだよ」本田は腕組みをした。「わたしだって知らないことだらけなんだ。知ってることだけを理解したつもりになって任務を遂行しているだけだ」

自分たちが直面しているのは、まちがいなく前代未聞の現象だ。そのおかげで霧原兄弟を取り逃がしてしまった。放送局襲撃阻止作戦は成功し、レジスタンスを排除する保安隊の力を国民に見せつけることができたが、達成感は皆無だ。

「なんとしてもあの兄弟を見つけ出す」本田は言った。「やつらは危険だ。次は確実に仕留めろ。いいか、タクヤ」

「……はい」タクヤはうなずいた。「得体の知れない能力者だってことだけじゃない。あいつらは……俺たちの両親のこととも関《かか》わっている」

「なに?」

「両親についてなにかを隠しているんだ」

なにかを隠している——本田はその言葉を無表情で聞き流した。なるほど、それを直人から聞き出そうとしてこの騒ぎか。両親の失踪《しっそう》、それは黒木兄弟のアキレス腱《けん》だ。本田の胸に、かつての自分の言葉が蘇《よみがえ》ってきた。

タクヤ、ユウヤ、残念だ。保安隊の情報部でもおまえたちの両親が失踪した理由は調べがつかなかった。これで捜索は打ち切られる——。

あのときのうつむいたふたりの暗い顔。まだ子供だった黒木兄弟は素直に信じた。だが、本田があのとき話したのは嘘ばかりではなかった。誰かを信用させるコツは、ちゃんと真実も織り交ぜることだ。

おまえたちの両親の行方はわからない。生きているか死んでいるかも。

2

真っ白な世界に、少しずつ色がついてきた。

上下のない空間から天地が生まれ、落下する感覚へと変わっていく。

ひゅううう、どさり。直人はどこかに落ち、跳ね、転がった。体があるという感触。匂《にお》い。草の匂い。音。鳥の声。ここは——。

「——直也」直人ははっと目を開けた。

視界いっぱいの濃い霧から森の風景がフェードインしてくる。つんつんした緑の草。その向こうに倒れている小柄《こがら》なシルエットが見えた。弟は首を傾けて目をつぶっている。その青ざめた顔を見たとたん、また心配になった。生きているのか？

そうだ、俺はいつも弟を失うことを怖がっている。この世とあの世のはざまに生きているみたいな、はかない直也。それを守るのが俺の役目だ。俺の力は、弟を守るために与えられている――。

「……兄さん」長いまつ毛が震え、目が開いた。

直人は無意識に止めていた呼吸をふうっと吐《は》き出《だ》した。ちゃんと生きている。だが、今回、弟を助けたのは自分ではない。

「よかった、兄さん、無事だったんだね」

「……ああ、おまえもな」

直人はゆっくりと体を起こし、あたりを見回した。見覚えのある森。少し離れたところに漂っている霧の向こうには、あの忌《い》まわしい白いロープが揺れている。

またしてもミクリヤ超能力研究所の森のはずれだ。しかし、今度はロープの内側にいる。どうしてこんなところに運ばれてきたのか。レジスタンス、テレビ局、保安隊、そして黒木兄弟――頭の中に苦い記憶がフラッシュバックしてくる。あれからどのくらい時がたったのか、外の世界の出来事が長い悪夢のようだ。

「行こう」

直人は起きあがり、弟の手を取って立たせた。

「御厨《みくりや》さんに会うの?」直也が心配そうな顔になる。

「あいつには訊《き》きたいことが山ほどある」

顔を見たらぶっ飛ばしてしまうかもしれないが。直人は弟の先に立って霧深い小道を歩き出した。鳥たちがふたりの頭上をクロスし、歓迎の鳴き声を降り注いでくる。やがて研究所の三角屋根が見えてきた。

帰ってきた——直人は心が勝手にほっとしているのに気づき、自分に頭にきた。親と引き離されて幽閉された場所。こんなものは故郷でもなんでもない。

見れば、直也も自分の住《す》み処《か》に帰ってきた小鹿《こじか》のように懐《なつ》かしそうな目をしている。跳ねるように屋敷《やしき》へのアプローチを進んでいったと思ったら、その足がふと止まった。

霧の向こう、玄関ポーチのアンティークタイルの階段にたたずんでいる人影が見える。御厨恭二朗《きょうじろう》でもスタッフでもない、長い髪のすらりとした女だ。

「エミリさん……」直也が驚いて声をあげた。

なぜ、ここにレジスタンスのエミリがいるのか。直也といっしょに運ばれてきたのか。彼女はなにも言わず、夢見るようなまなざしで兄弟を見つめてくる。その腕にはアジトにいた黒猫が抱かれていた。

「なぜ、ここにいる」直人はエミリに向かって一歩近づいた。

ニャー。黒猫がひと声鳴く。霧が急に濃くなり、エミリの体をぐるりと取り巻いた。繭のように霧に包まれた彼女が幸せそうな微笑を浮かべた……と思ったら、霧に溶け込むように姿を消した。

「消えた……」直也がつぶやいた。

まるで双海翔子《ふたみしょうこ》のようだ。どこへ行ってしまったのか、ここではいったいなにが起っているのか。直也は戸惑うように階段をあがり、木製のアンティークドアに手をかけた。

「わっ」

ワンッ。ドアを開けるなり飛びついてきたのは、バカ犬のハリィだ。直人はしばらく呆《あき》れて、弟の首っ玉に抱きついて顔をぺろぺろと舐《な》め、尻尾を高速ワイパーのように振っている犬を見ていた。直也が声をあげて笑う。こんな無邪気な笑顔は久しぶりだ。

「おい、直也、遊んでないで行くぞ」

「待って」

はしゃぐハリィをともなってふたりは長い廊下を歩き出した。食堂、図書室、風呂場《ふろば》、診療室、検査実験室、研究室……誰もいない。スタッフはどこに行っているのだろう。やがていちばん奥の部屋にやってくると、分厚い木のドアの外側にいても強いタバコの匂いが漂ってきた。

御厨の書斎だ。直也が待っててね、とハリィの頭をなでると、犬は忠犬ハチ公のようにおすわりをする。直人はノックもせずにドアを開けた。

「御厨」

山積みの本、ヤニで黄ばんだ壁に貼《は》られた古い写真、これでもかというほど散らかったデスク、ひび割れた地球儀、古い黒板。ぎっしり本が詰まった本棚の横には、色あせたノアの方舟《はこぶね》の絵が飾られている。重厚な書斎というよりも幽霊が出そうな部屋。そのいつもの部屋、いつもの革のデスクチェアに、いつものくわえタバコで御厨が座っていた。

「直人……直也――」

今までに見せたことのない、感極まった表情で兄弟を見つめてくる。直人は一瞬、言葉に詰まった。もしかしてこの男は、犬のハリィのように自分たちの留守が寂《さび》しかったのか。

「また会えてうれしいよ」御厨はぼそっと言った。

自分たちが外の世界でどんなひどい体験をしたかも知らないで。能天気としか言いようのないその言葉に、直人は拳《こぶし》を握りしめてデスクの前につかつかと歩み寄った。

「どういうつもりだ、御厨。なぜ俺たちをだました？」

「だます？」

「おまえは言っただろう。世の中は変わる。精神エネルギーの存在を認めて、テレパシーも予知能力もサイコキネシスも、人間本来の力として受け入れられると。あれは全部嘘だったのかっ」

「嘘ではない」

「ふざけるな。俺たちは命まで狙《ねら》われたんだぞっ。それも、同じ能力者に。おまえの言っていた世界とは真逆だっ」

ドン。直人はデスクを両手の拳で叩《たた》いた。そうでもしないとこの男をイスごとふっ飛ばしてしまいそうだ。

「御厨さん」直也もおずおずと前に出た。「外の世界は、ぼくたちの子供のころよりひどくなっていた。超能力どころか想像力まで規制されてました。これが御厨さんの言っていた世界なんですか……？」

ふたりに詰め寄られた御厨は、くわえていたタバコを黄ばんだ指でつまんでフーッと煙を吐いた。直人の目にはそれは秘密を隠す煙幕に見える。だいたいこの男は人の頭の中の宇宙ばかり探検して、自分の健康はまったく眼中にない。きっと肺はタールで真っ黒だろう。だが、腹黒い男ではないと思っていた。

「直人、直也……わたしたちは皆、それぞれに役目を持つ」

いきなりの御厨の真面目《まじめ》な言葉に、直人は思わず眉《まゆ》を寄せた。

「それがいったいなんなのか、それは、なにかが起きたときに気づくんだよ」御厨はゆらりと立ちあがった。「おまえたちには、避けようのない危険が迫っていた。やつらにとらえられたら殺されていただろう」

保安隊のことだ。そして、ふたりはここに飛ばされてきた。

「おまえが助けたっていうのか？」

「わたしにはそんなことはできない」

できるわけない。だが、なぜ御厨はふたりに起きた外の世界の出来事を知っているのか。彼はデスクの上のひび割れた地球儀に目を落とし、ぽつりと言った。

「〝ゴッドウィル〟」

ふたりは息をのんだ。そんな言葉まで知っていたのか。

「神の意志、か。誰がそんなふうに名付けたのだろうな。奇妙な言葉だ」

「……いったいなにが起きているんですか？」直也が言った。「ぼくたちの世界に」

「どうして今までなにも教えてくれなかったんだ。答えろ、御厨」

御厨は地球儀に手を伸ばすと、いきなりカパッと上半分を開けた。驚いたことに中は灰皿だ。金属のトレイに吸い殻が山盛りになっている。彼は短くなったタバコをその灰皿でもみ消すと、二秒もたたないうちにまた新しいタバコに火をつけた。

「……二〇二三年に、地球に大きな変動があった」

〝ゴッドウィル〟――第三次世界大戦と天変地異のことだ。自分たちの記憶にはないが、やはりそれはあったのか。

「だが、それは戦争と天変地異じゃない」御厨は言った。

「なんだと」

「あったのは、次元移動だ」

直人は脳が地殻変動を起こしたようにくらりとした。いったいこいつはなにを言い出すんだ。

「地球の三分の二の人間が、ある日、突如として世界から消えた。ここではない次元に移動したんだよ。残ったのは――行けなかった三分の一の人々だ」

「言っている意味がわからないぞ」

「消えた人々は、バージョンアップした新しい地球へ移動していったんだ」

茫然《ぼうぜん》としていた直也の目が、思いいたったように見開かれた。

「……変革。変革が訪れたんですね？」

「ああ」御厨がうなずいた。「アセンションだ」

まさか――あれが本当に起きたのか。幼《おさな》いころからふたりは、地球のスーパーシフトについてはひととおり聞かされていた。スピリチュアル系のチャネラーや知識人など、精神世界に理解のある者の間でずっと予知的に語られていた現象。地球の波動があがって三次元から五次元に移行することだ。

「次元移動したのは、精神エネルギーを受け入れることのできる人間だった」

「どこに行ったんだ」直人は訊いた。「未来や過去に飛んだとでもいうのか?」

「そうではない、別の新しい地球だ」

「だったら、俺たちがいるこの場所はなんなんだ」

「——取り残された世界だよ」御厨はヤニで汚れた灰皿地球儀を指さした。「ここも、地球だ」

「……ということは」直也が言った。「ぼくたちは、取り残された?」

御厨はブワーッとタバコの煙を吐き出した。また言いにくいことをごまかしている。本当にそんな新しい地球ができたなら、直也はむしろ真っ先にそこに行けるはずだ。

「おまえたちは変革の波動を受け入れられる人間だ。その能力がなによりの証拠だ」

「だったら、どうしてここにいる?」直人は言った。「ここはひどい世界だ。精神エネルギーの存在が全否定されている。想像することも許されなくなっている。なぜ、こんな遅れた世界に、俺たちはいるんだ?」

「存在するものは、みんな役目を持っている」御厨はじっとふたりを見つめた。「わたしは、地球に大きな変動が起きることを、岬《みさき》老人から教えられていた。彼は小さなときから、ときどきわたしの前に現れたんだ。この研究所を作るように導いてくれたのも、岬さんだ」

やっぱりあれはただのニコニコした動物好きの隠居老人ではなかったのだ。よもや予知能力者だったとは。いや、それを一度も兄弟に疑わせなかったのだから、とてつもない力を秘めていたのだろう。

「若いころ、留学していたロシアから帰ってきたわたしは、この国に超能力研究所を作ろうとしてある峠《とうげ》のゼロ磁場を訪ねた。そこに岬さんが待っていたんだ。まだ知られていないゼロ磁場がある。その山奥にある自分の屋敷を使え、と。おかげで、わたしはこの研究所を作ることができた。そして……ここにおまえたちを連れてきた」

あの日、あの夜。三人の記憶から決して忘れられない光景が引き出されてくる。両親との別れのシーン。御厨の車の中で泣き出す直也、直人の力で割れた街灯とともに、砕《くだ》け散《ち》ってしまった家庭。

「勝手なことを言うなっ。俺たちはそんなことは望んでいなかった」

直人は震える拳を握りしめた。両親と引き離された理不尽な十五年間。その恨みが湧《わ》きあがってくる。

「すまない……しかし、これはこの世界にとって必要なことだったんだ」

「俺たちを親から引き離し、ここに連れてくることが世界にとって必要だと？」

「直人、本当なんだ。二〇一四年のあの日、おまえたちの覚えていない、あることが起きたのだ」

御厨は思い出を絞り出すようにシワ深い目をつぶった。

※

あの夜。わたしはあの夜のことは隅《すみ》から隅まで覚えている。

山奥の森に向かって車を運転しているときの緊張感。後部座席で眠っている直人と直也。その頰《ほお》の乾いた涙の跡。弟を守るように抱いた兄の手。それは引き離すことのできない一対の生き物のようだった。

流れる木々。前方には濃霧が発生していた。そこを通り抜けるとき、空間が歪《ゆが》んだかのように視界がぐにゃりとぶれた。結界を越えたのだとわかった。岬老人が作った結界を。

この子たちは守られたのだ。

御厨はタバコの煙混じりのため息をつき、目を開けた。今、自分の書斎に立っている直人と直也は、あのときから想像もつかないほど立派になっている。誇らしいほどだが、残念ながら誰にも自慢はできない。

「その出来事があったあと、わたしはロシアの超能力開発センターに向かい、そこで準備を始めた。二〇一五年のことだ。向こうには留学時代に知り合ったわたしの協力者がいた」

直人と直也はあっけにとられて御厨を見ていた。

「それはロシュコフという優秀な脳科学者で――」

「おい、ちょっと待て」直人がさえぎった。「ロシアへ行っただと？　俺たちはどうなったんだ」

「あわてるな、あとでちゃんと説明する」御厨ははぐらかした。「ロシュコフがいたのは北極圏《ほっきょくけん》のとある街で、夏でも雪が降ることがあるところだった。わたしはさびれたパブの一角でロシュコフを見つけると、岬さんの予言を伝え、一年がかりで作った図面を見せた。それは、特殊な生命維持装置のだった」

「生命維持装置……？」

「その装置を十個以上作ってもらいたいんだと話すと、ロシュコフはジョークでも聞いたように笑ったさ。だが、彼の立場なら国家予算を使ってその設備が作れることはわかっていた。彼は超能力開発センターの責任者で、ロシア軍に協力していたんだ。あの国は超能力の軍事利用の先進国だよ」

御厨は壁に貼った古い写真を指さした。陰険そうなヒゲの外国人の白黒写真だ。

「これはロシアで撮影された念写写真だ」

「念写?」

「頭に浮かんだイメージを超能力で印画紙に焼きつける。この写真の男は連続殺人犯で、透視をした超能力者が念写したんだ。おかげでこいつは捕まった。ロシアではテレパシーやサイコキネシス、リーディング、予知能力などを研究していただけじゃなく、実際に利用していたんだよ。ロシュコフはその分野の第一人者だった。そんな彼だからこそ、わたしのとんでもない話に耳を傾け、岬さんの予言を実行することに協力してくれたんだ。むろん、その予言にはロシュコフも含まれていた」

一方的な指名だ。もちろん御厨自身もそのひとりだった。御厨はノアの方舟の絵を振り向いた。

「生命維持装置を作るタイムリミットは、二〇二三年。ノアの方舟の話では、乗れなかった者たちはほぼ全滅してしまう。だが、岬さんは言ったんだ。取り残された者たちを救えと」

御厨は兄弟に向き直った。直人と直也は固唾《かたず》をのんで聞いている。

「それが、おまえたちの役目だと」

「なんだと」直人がかすれた声で言った。

「わたしたちは八年間かけ、岬さんの予言に従って準備を整えた。二〇二三年のあの日、七月二十五日、わたしはロシュコフとともにロシアの超能力開発センターにいた。予言通り、施設の中でひと晩を過ごし、外に出ると――」

御厨はいやはやと首を振った。予言を知り、現象を理解していたはずの御厨さえ、あれは信じがたい出来事だった。

「外の世界では三ヵ月が過ぎていた。人口の三分の二がいなくなり、世界は混乱の極みだった。残された人々は、失われた三ヵ月の記憶がなかったんだ。まるで時間が間引かれたように」

兄弟は思い当たることがあるように顔を見合わせた。

「アセンションしていくということは、この世界にとっては遺体のない死を意味する。この理解不能な結果から、起こったかもしれない出来事を類推し後付けされた。残された人にわかるレベルで。そして、戦争と天変地異で行方不明になったという苦しい解釈がされ、政府は失われた記憶を埋め合わせるように広報映像を作った」

「兄さん、エミリさんも記憶があいまいだって――」

「ああ、立花さんも記憶がなかった」

御厨はうなずいた。兄弟が外で出会う人間についても岬老人は予言していた。

「立花……正幸少年の母親か。彼女たちもまたそれぞれの役目を持って、この世界に残された。役目を終えたら、本来いるべき場所へ戻っていくだろう」

「役目――？」直也がつぶやいた。

「双海翔子もそうだ。おまえたちの前に現れただろう。わたしの役目はあの少女を海辺で回収することだった」

「あの子はいったい何者なんだ？」直人が訊いた。

御厨はロシアの砂浜に倒れていた翔子のことを思い出した。地上に降ろされ、今は生命維持装置の中で息づいている天使のような少女。

「双海翔子は……精神が高次元とつながってしまい、時空の歪みをさまよっていた。地球の次元移動とともに、再びこの世界に実体化したんだ。ときに三次元の世界にアクセスできる。自分でなにかをコントロールすることはできないが、今の世界に残された人々にメッセージを送っているんだ。翔子は、おまえたちを戻すのに必要な存在だった」

「俺たちを戻す？　どういう意味だ」

御厨はソワソワとタバコをふかした。どんどん核心に近づいている。いつまでもごまかしてはいられない。

「地球に起きたことは、並行世界の概念で考えると理解しやすい。新しい地球は高い周波数の並行世界へと次元移動した。我々は今、元の次元の地球にとどまっている」

御厨は灰皿地球儀を示した。

「おまえたちも見てきた通り、物質世界を崇拝する一部の人間たちが、精神エネルギーを否定することで社会をコントロールしている。物質に、金に、権力に強く固執し、戦いと競争、富と貧困の格差が加速している、周波数の低い地球だ」

「だから、どうしてそんな世界に俺たちが取り残されたんだ?」直人が言った。

直人の目には怒りの炎がある。幼いときからずっと、いや生まれたときからその炎は彼の中で燃えていたのかもしれない。この混沌《こんとん》とした世界に対する怒り、そんな世界に生まれ落ちた怒り。

「取り残されたんじゃない」御厨はついに言った。

え?　と直也が驚いて大きな目を見開く。

「おまえたちは、わたしがこの研究所に連れてきた次の日、新しい地球に次元移動した。わたしの目の前で——消えたんだ」

ふたりは自分たちはすでに死んでいるのだと聞かされた幽霊のように凍《こお》りついた。

3

怖いものから逃げろ。

黒木ユウヤの生存本能が強く命じてくる。そこは渋谷《しぶや》のスクランブル交差点、うずくまっている自分を取り巻いているのは同僚の保安隊員たちだ。

「親に捨てられたってわかってんのかな」「とっくに殺されてるんだろ」

「かわいそうだけど邪魔だ」「見ろ、情けないあの顔」

憎悪、軽蔑《けいべつ》、ののしりの嵐《あらし》。隊員たちはユウヤを指さして嘲《あざけ》り笑う。迫ってくるドロドロした黒い波。大人のユウヤの中で幼いユウヤが震えている。怖い。このまま逃げ出してしまいたい。でも、どこへ。ネガティブな悪意の波動は鋭い刃に形を変え、獲物を狩るように襲いかかってくる。

いや、ダメだ、怖いものは怖がるともっと大きくなる。逃げても無駄だ。

「シールドッ」女神の凛《りん》とした声が聞こえた。

ユウヤは自分の周りを囲む光の球のイメージをした。カシッと鋭い刃が弾《はじ》きとばされ、砕け散る。カシッ、カシッ、カシッ。輝く球体はその中にユウヤを閉じ込めて完全に守った。ののしりの声がすべて消え、静けさが内に広がる。

「ユウヤ、だいぶコントロールできるようになったじゃないの」

目を開けると、そこは保安本部タワーの能力開発トレーニングルームだ。ユウヤはいつものように円《まる》いフィールドで小林君枝《こばやしきみえ》と向かい合い、結跏趺坐《けっかふざ》のポーズをとっていた。トレーナーである君枝はユウヤと意識をつなげてヴィジョンを共有している。つまり、情けない姿も全部見られているわけだ。

「ああ、完全にブロックできたのは初めてだ」ユウヤはほっとして言った。

トレーニングを重ねるごとにイメージが鮮明になってきた。自分の変化がおもしろい。

君枝の説明によると、人間の脳もアップデートができるのだという。覚醒《かくせい》はその始まりであり、まだこれからどんな能力が開発されるかわからない。可能性は未知数だ。

「あなたには素質があるわ。そうやって押し寄せる情報をコントロールして、必要なものだけを取り出すのよ」

「自分から視《み》にはいけないのか？」

「可能だと思う。けど、深くは潜らないこと。知ろうと思うことで能力は強くなるけど、脳にかかる負担は大きくなるはず。行きすぎは危険よ」

「わかった。でも、試したい」

君枝は愛弟子《まなでし》を愛《め》でるように目を細めた。

「貪欲《どんよく》ね。いいわ、あなたの欲しい情報に焦点を合わせて。いちばん欲しい情報」

それなら考えるまでもなく決まっている。ユウヤの中にぽっかり開いている、なにをやってもふさがらない穴。深呼吸をして目をつぶり、その穴から吹いてくる冷たい風に焦点を合わせる。

両親の失踪――その真相を知りたい。

強い感情は覚醒力につながる。ユウヤは心の一点にまっすぐに潜り込んでいった。

白い泡《あわ》。コップに入れられたソーダ水の気泡。

母親の祐子《ゆうこ》のすすり泣きが聞こえてくる。

テーブルの上には人生ゲーム。小さなコマやお札が散らばっている。

「仕方ないんだ。ふたりを救うためだ」

父親の貴光《たかみつ》の声。ソファの上で幼いタクヤとユウヤがスースーと寝息をたてている。

ハッと振り向く母親と父親。

入ってくる霧原直人。怯《おび》える両親の顔。

「兄さん――」

引きつった顔で駆け込んでくる霧原直也。


頭がきりきりと痛む。だが、ユウヤは我を忘れて過去の記憶を探った。頭痛が強まり、額が熱くなる。

「ユウヤ、ストップ」君枝の声が聞こえた。「これ以上潜ってはダメッ」

だが、ユウヤは言うことを聞かなかった。眉間《みけん》に力を込めてヴィジョンに集中する。まだだ、もう少し、もう少しだけ視せてくれ――。

ガシャン。人生ゲームのルーレットがひっくり返る。

手をかざして衝撃波を放つ直人。

「キャア」母親の悲鳴が響く。

「祐子、祐子っ」

額から血を流した母親。割れたコップ、カーペットに滴《したた》る血。

床に倒れているのは、保安隊員たちだ。

怖い顔の直人が両親を見ている。それから――。

グハッ――咳《せき》がこみあげた。

現実の感触、口の中に広がる血の味。たちまち過去の映像は脳をすり抜けていく。母親はどうなったのか――。

「ユウヤ」君枝が叫んだ。「目を覚まして、ユウヤッ」

ユウヤはぼんやりと目を開けた。見れば、膝《ひざ》の上に吐き出されているのは、鮮血だ。口を拭《ぬぐ》おうとして、鼻血も出ているのに気づく。頭がクラクラした。君枝が見たこともない真剣な表情で抱くように体を支えてくれる。優しいな、と思ったら、ピシッと頬を叩かれた。

「しっかりしてっ」

痛い。一瞬、意識が覚醒する。ヤバい、俺は潜りすぎたのだ。

『大丈夫かっ』スピーカーから柿谷《かきたに》教授の声が響く。『すぐに医療班を向かわす』

「お願い、早く」君枝は焦った声を出す。

もう少しだったのに――ユウヤは朦朧《もうろう》とした意識の中で悔《く》やんだ。せっかくとらえたイメージは断片的で、全体像はわからない。やはり両親は霧原兄弟に連れていかれてしまったのか。まさか、まさか殺されてしまったのではないだろうな。

「ユウヤ――」

本田本部長と柿谷、白衣の医師が駆け込んできた。ひざまずいてユウヤの脈を取ったとたん、医師の顔色が変わる。心臓が激しく飛び跳ねていて、タクヤのようにフリーズしそうだ。意識が遠ざかり、視界がフェードアウトしてついに誰の顔も見えなくなる。

「……ユウヤが過去を視ました」

ストレッチャーに乗せられたユウヤの耳に、君枝がヒソヒソと本田に報告している声が聞こえた。

「すごい力。潜在意識に残る記憶をこれほど鮮明に再生するなんて、並の能力者にできることではありません」

「ああ、ユウヤもコントロールがたいへんだ」本田がうめいた。

「過去を知りたいという強い感情が彼を覚醒させたのでしょう。でも、なぜ、両親が失踪したときの記憶に霧原兄弟が……？」

「なんだと」

その声を聞きながら、ユウヤに当然の疑問が渦巻く。あいつらは今と同じ年齢で、着ていた服も同じだった。なぜ……？

ブレーカーが落ちるように脳がダウンする。ユウヤは完全に気を失った。

4

御厨の放った強烈な告白が書斎の空気を凍らせている。直也はショックで呆然《ぼうぜん》として彼を見つめていた。

「おまえたちは消えた。二〇一四年に、誰よりも早く旅立ったんだ。新しい地球へと。わたしの目の前で、光と溶け合うように消えていった……あの森のロープのところで、直也は声をあげて泣きながら、直人はわたしの胸を拳で叩きながら……」

覚えていない。直也は自分の記憶領域を探った。新しい地球の記憶はかけらもない。生まれる前のことを覚えていないように。

「嘘だ……」直人も怒りを忘れて立ちすくんでいる。「そんなことは、覚えてない」

「人類の先頭に立ってシフトすることも、おまえたちの大きな役割だった」

二〇二三年に人類全体のアセンションが訪れた。とすると、兄弟はその九年前に旅立ったことになる。直也は以前、変革が起きる際、新しい地球にはまずは波動の高い鳥たちが移行すると聞いたことがあった。先行した自分たちはカケスの仲間か？　まだ他《ほか》の人間がいない地球で、いったいどんな世界を見たのだろう。

「その後、三分の二の人間が移行して、新しい文明が形成された。もうひとつの地球では、精神エネルギーは肯定されている。人々の深い相互理解の元に形成されたワンネスの社会があるんだ」

「ワンネス？」直也は繰り返した。

「ああ、すべての人はつながっているという認識ができる。市民が覚醒しているので、支配統治がなくなる。国境もなく、争う必要もない。寿命も長くなり、自分軸で自由に生きられるようになるすばらしい世界だ。おまえたちにいつかくると言っていた世界……そして、両親とおまえたちがいっしょにいるべき世界だ」

「えっ」

ふたりは息をのんだ。新しい地球で自分たちは両親に会っていたのか。どうしてそんないちばん大事なことを思い出せないのか。両親はこの地球から旅立ち、だから家はなくなり、工場は閉鎖されていたのか。

「だが……その世界に値しない人々が存在していたのも事実。だから地球の意識は、この世界を元の次元に残したまま次元移動したんだ。それによって、ふたつに分裂した」

まるで細胞分裂だ。御厨は煙でいぶされた灰皿地球儀をつついた。

「今、我々は物質世界の概念に執着した、精神世界から離れた地球——取り残された世界に存在している」

「でも、なぜ」直也は訊いた。「どうして、ぼくたちは今ここに……？　さっき旅立って消えたって……」

そのまま新地球にいたら、兄弟はこよなく幸せだったはずだ。彼らの力を受け入れる世界で、なんといっても両親とともに生きられるのだから。

「岬老人だ」御厨のくわえタバコが震える。「岬さんがわたしに言い残した。おまえたちを、もう一度こっちの世界に呼び戻せと」

「呼び戻せだと？」直人が眉をあげた。

「そのために、わたしはロシアの超能力開発センターに協力してもらい、中間世界を作り出した。もう一度、おまえたちを元の地球に呼び戻すために」

なんということを。直也は隣で兄の体が震え出すのを感じた。いや、あまりにも衝撃的な事実に自分の体も動揺で震えている。

信じられない。御厨は岬老人の予言に忠実に従い、いったんアセンションした兄弟を呼び戻したのだ。

「おまえたちは戻ってきた。二〇二六年のことだ。わたしの記憶通りこの森が形成され、消えたのと同じ場所に、同じ年齢で現れた。直也はワンワン泣いていたし、直人はわたしの胸を叩いていたよ。わたしとロシュコフは中間世界を作るのに成功したんだ」

「中間世界……」

「ここは、翔子の力を中心に形成された世界、この世とあの世の間、次元のちがうふたつの地球の間に存在する中間世界だ」

直也は信じられない思いであたりを見回した。だから外の世界に出たときに十二年の時間のズレが生じていたのだ。ここは、四次元の世界だ。

「時間はあの瞬間、ここができてからまた流れ始めたんだよ。そして、わたしはおまえたちを育てる時間を与えられた。この中間世界の研究所で」

なにも知らなかった。なにも気づかなかった。なにも知らされないまま、兄弟はここに十五年間閉じ込められていた。四次元の世界でリアルに生きることを可能にしたのは、おそらく岬老人だろう。

「これでわかっただろう。おまえたちは取り残されたんじゃない。役目を担ったんだ」

「役目？」直人が低い声で言った。

「そうだ、この世界に取り残されてしまった人を救済するという役目を」

「救済だと？　俺たちを憎み蔑《さげす》むこの世界の人々をか」

「そうだ」御厨は強くうなずいた。

「もうひとつの世界には、消えた人々や俺たちの両親がいる。そこにいれば争いに身を置く必要もない。俺たちにとっても平和な生活がある、そういうことだな」

「その通りだ」

「勝手なことをっ」直人の怒りが噴《ふ》き出《だ》した。

ボムッ。灰皿地球儀が内側から爆発した。吸い殻が飛び散り、茶色いヤニが御厨のシャツを汚す。

「戻したのはおまえだっ。俺も直也も、そんな役目は望んでない。俺たちはただ、普通の人間みたいに生きたかっただけだ。両親といっしょに暮らしたかった。役目？　ふざけるな。そんなものは要らないんだっ」

「兄さん――」

「自分たちを犠牲にしてまで、この世界にとどまって戦えというのか？　そのためにこんな力を持ってるっていうのか？　くそっ、もうひとつの世界に戻せっ」

御厨は黙って汚れたシャツを手で払った。汚れがすっと消え、割れた地球儀が時間を巻き戻したように元通りになる。直也はあっけに取られてそれを見つめた。この中間世界では彼は魔法使いのようなもの、イメージ通りに形作ることができるのだ。

「犠牲、か」御厨は顔をあげた。「直人、今の世界を見てきただろう。みんな気づいていないんだよ。物質の世界に執着することが人生だと、かんちがいしている。気づきには、痛みが必要なときがある」

「痛み?」

「ああ、痛みだよ、直人」

直也は寂しげな、しかし決然とした御厨の顔を見つめていた。まったく顔立ちはちがうのに、その眼差《まなざ》しは翔子を思い出させる。自分だけが幸せになればいいと思う人間はここにはいない。

「――できることをやるんだ」御厨はふたりの顔を交互に見た。「なにかに必要とされるってことは、すばらしいことだ。生きるというのは、そういうことだ」

兄の怒りの熱がひるむ。御厨の真摯《しんし》な顔。それが一瞬、幽霊のように薄くなった。背後の壁紙のシマ模様が透けて見える。

「み、御厨さん――」直也は思わず声をあげた。

御厨は急いでタバコを吸った。体に悪いといわれている煙が細胞に重みを加えたように、その体がまた元に戻る。

「ここを作ったのは、翔子ひとりの力ではない。次元移動が起きるまでの八年間、わたしは中東の戦地や、アフリカの飢餓地帯、中国の山奥、あらゆる場所に行って瀕死《ひんし》の子供たちを助け、ロシアの開発センターに運んで延命処置をとった。その数は十二人だ」

直人はたじろいだ。御厨がそんな人道支援活動をするような男だとは思っていなかったらしい。

「それも岬老人の予言だよ。新しい未知の世界を築くためには、十二の要素と方向性が必要だ、それは高度な物理なのだと岬さんは言った」

暦《こよみ》、時間、十二星座、十二使徒、十二神、一オクターブの十二音……人間界は十二という数字に囲まれている。それは神聖な知恵として活用されてきたのだ。

「この中間世界は、その十二人の子供と、翔子の力で成り立っている。十二人は波動の高い進化した子たちで、脳の全体を使うことができる。ナイトヘッドがオンになっているんだよ。だが、みんなこの世界のネガティブな力に殺されかけていた。今はロシアの生命維持装置の中で生き、彼らの能力がここを形成している」

直也は衝撃を受けた。その子供たちもこの世界に残ることを選んだのか。彼らはこの中間世界を、いわば地球における兄弟のベースキャンプを作りあげてくれた。そのおかげで兄弟は命を救われたのだ。

「なぜ——なぜ、今まで俺たちに隠していたんだ」直人が低い声で訊いた。

「もし、わたしが話していたら……このひどい外の世界に飛び込んでいくことができたか？　直也を連れて」

兄がちらりと自分を見る。この兄に、弟を危険にさらすようなそんな冒険ができるわけはない。

「……仕方なかったんだ」御厨はぼそりとつぶやいた。

これでも謝っているつもりらしい。おかげで兄弟はここが中間世界だとも、取り残された地球に戻されたとも知らず、いつか自分たちが受け入れられる時代がくるはずだと、はかない希望を持って育ってきたのだ。それでもここで過ごした年月は、自分にとってはそう悪い思い出ばかりではなかった……直也がそう思おうとしたとき、ドアが開いてハリィがトコトコと入ってきた。直也をなぐさめるように、クーンと手に鼻をすり寄せてくる。

「この犬は直也の魂の友だちだ。岬さんがおまえのために呼び寄せた。動物はピュアな波動を持っていて、別の次元にコネクトできる。地球のバランスを整えてくれてるそうだ」

「岬さんの周りもいつも動物がいっぱいだったね」直也はうなずいた。「岬さんも新しい地球から呼び戻されたの？」

「いや、彼はおまえたちが外の世界に出るまでこの中間世界に実体化してくれていた。今はもう肉体を捨て、宇宙に遍在している。歴史上の聖者のような存在だな」

御厨の姿がまた薄くなる。充電不足で読み込みが悪くなった映像のように。実体化できる時間が限られているのかもしれない。彼は急いで本棚に近づくと、ずらりと並んだ古本の中から一冊のノートを抜き取った。

「翔子の残したノートだ。おまえたちの役に立つはずだ」

直也は御厨の手からパサパサに乾いた古い大学ノートを受け取った。そっと開くと、うねりくねった象形文字が目に飛び込んでくる。ロンゴロンゴだ。このノートは〝ゴッドウィル〟のときに立花美紀のもとから消えたものだろう。

「ロンゴロンゴはイースター島に残る古代文字だ。大洪水で生き延びたある部族がそこに流れ着いた。彼らが生き残ったのは偶然ではないよ。ノアに方舟を作らせた宇宙存在が、彼らも救ったんだ。地球によい種を残すために」

神、という言葉は御厨は使わず、宇宙存在と言った。

「翔子はその宇宙存在が地球に下ろした種のひとつだ。立花正幸も、十二人の子供たちも……彼らは光のエネルギーが強い。そういう人間たちがこの地球にはたびたび転生してきた。ときには為政者として、芸術家として、宗教家として、科学者として、そして……名もなき一般人として」

御厨はじっと兄弟を見つめた。

「変革というのは、上から一方的にできるもんじゃない。地に足がついた人間が必要なんだ。天と地をつなげる意識と肉体がな」

部屋の中にそよ風が吹き、直也の手の中でノートがはらはらとめくれる。それが命を持って息づき始めたように。

「何人もの能力者がアセンション以後の世界を予知している。その中には、物質至上主義の維持を唱えるものもあった。未来がそうなるのを避けるためには、正しい方向性を持った種が必要だったんだ」

直也はなにかの気配を感じ、閉じたままの両開き窓に目をやった。ガラスの向こうに、いつの間にか小さな影がぽつぽつと並んでいる。

子供たちだ。

「――気づきには、痛みが必要？」直也は言った。

「ああ。それは、ときに、大きな痛みかもしれない」

直也はノートを抱いて窓際に歩み寄った。あとをついてきた兄が、後ろから長い手を伸ばして窓を開け放つ。

研究所の庭に十二人の子供たちと双海翔子がたたずんでいた。白人、黒人、中東系、東洋系……どの顔も輝きに満ち、ひたすら兄弟を見つめている。自分たちが命をかけて守り、この世界の人を救うために残そうとしているふたりの勇者を。直也は彼らの負ってきたとてつもない痛みを思った。

「残された人を助けるんだ」御厨の声がした。「苦しみを分かち合ってくれ。直人、直也、頼んだぞ」

振り向くと、御厨の姿が陽炎《かげろう》のように消えかけていた。部屋の中の風が強くなり、ふたりの髪をかき乱す。

「おまえたちとここで過ごした年月は、わたしにとってかけがえのない時間だった……」

御厨はため息のような声とともに完全にフェードアウトした。庭に目を戻すと、子供たちの姿もがどんどん薄くなり、ひとりずつ消えていくところだった。最後に翔子の体が昇天する女神のように浮きあがり、ツインテールがふわりと揺れる。彼女は春風のような微《ほほ》笑《え》みを残して消えた。

森がざわめきと真っ白い霧に包まれていく。振り向くと、兄の姿も白いフィルターをかけたように霞んでいた。またどこかへと運ばれていく。それを運命と翔子は呼ぶのか。直也は自分の体が重力に引っ張られるのを感じ、目を閉じた。

その手に託された翔子のノートの熱を感じながら。

5

ユウヤはどんよりした灰色の霧の中にたたずんでいた。あたりには低い風のうなり声が響いている。足元には黒っぽい土の道が見えた。まとわりついてくるしっとりした霧をかきわけ、見覚えのない場所を歩き出す。

ここはどこだ。自分のイメージの世界なのか。悪夢なのか。鬱々《うつうつ》として、まるで濃霧でできた厚い壁の中をさまよっているようだ。ここからどうやったら出ていけるのだろう。不安が押し寄せてきて、立ち止まりそうになる。そのとき、ふいに甘い匂いが鼻をかすめた。花の香りだ――と思ったら、急に目の前の霧が薄れ、広大な花畑が広がった。レンゲに似た白い花が一面に咲いている。ひとつひとつが妙に大きくて、真紅のビロードのようなチョウチョがひらひらと戯《たわむ》れていた。もしかしたら自分は死んでしまって、ここは天国なのか？　あっけに取られて幻想的な風景を見渡していたユウヤは、花畑の真ん中に人影があるのに気づいた。

赤いソファに誰かが座っている。クラシックスタイルの黒いロングドレス、ベールのついた黒いツバ広帽子、きっちり結った真っ白な髪――老女だ。これから王族の葬儀にでも出席する貴族のような老女は、顔を覆った黒いレース越しにじっとユウヤを見つめていた。

冷静な観察の視線。ユウヤは金縛りにあったように立ちすくんだ。シワ深いがくっきりした目鼻立ちには知性を感じる。だが、どこか人間離れした異様な迫力があった。これはいったい誰なんだ。指輪をつけた枯れ枝のような右手が少しずつあがり、まっすぐにこちらを指さす。

次の瞬間、老女の体から無数のコードのようなものが飛び出した。ユウヤを捕まえようとするように、花畑の上をシュルシュルと伸びてくる。

触手だ。ひんやりしたその一本が彼の頬に触れた。

『わたしは――』老女の深い声が頭の中に響いた。

※

「ウワアアッ」

いきなりユウヤが叫び声をあげてベッドから飛び起きた。かたわらに座っていたタクヤは驚いてパイプイスから転がり落ちそうになった。

「ど、どうした、ユウヤ」

保安本部の医務室。やっと意識を取り戻したと思ったら、弟はゼイゼイと荒い息をしながらあたりを見回している。様子がおかしい。やはり脳をやられてしまったのか。ユウヤは自分の手首と頭に電極とコードがついているのに気づくと、いまいましいもののようにはずし、点滴まで引っこ抜いてしまった。あとで柿谷教授と医師に怒られるにちがいない。

「み、見たこともないバアさんが夢に――」

「バアさん？」

「ああ、バアさんのくせにすごい迫力があって、ビビった」

なんだそれ。タクヤは弟がトレーニング中に出血して意識不明になったという知らせを受け、あわててここに駆けつけた。一時は危険な状態だったらしいが、今は血色もよく声もでかい。頭の中味以外は正常のようだ。

「おいユウヤ、君枝からトレーニング中に潜り過ぎたって聞いたけど、どこの深海に潜ったんだよ」

「決まってるだろ。あの夜の出来事だ。前よりもはっきり視えた」

弟は息急《いきせ》き切《き》って自分のヴィジョンを話し始める。霧原直人と霧原直也が両親の前に現れたこと、直人が衝撃波を使ったこと、母親が怪我《けが》をしたこと、そして保安隊員が倒れていたこと。

「母さんを直人が傷つけたのか」

「うん、たぶん。だけどあいつら、今と同じ年齢だった。十五年前はまだ子供のはずなのに」

「双海翔子だって、ほんとだったら四十歳を超えてるはずだろ。だけど若いまんまで、高校の制服まで着てるじゃねえか」

「親たちは昔のまんまだった。なにもかもすごくリアルで、俺の妄想とは思えない」

「ああ、説明のつかないなにかが起きてるってことだ」

こんな不思議なことに慣れてしまうのも考えものだ。直人と直也の出現により、今まで確固としてた自分の世界観は揺らいでいる。常識では考えられないことが現実に起きる可能性はあるだろう。

一方、説明がつくはずの現実もある。ユウヤが視たヴィジョンが事実なら、保安隊員の出動ははっきりと保安本部の記録に残っているはずだ。両親の件には保安本部も関わっていることになる。本田は自分たちに嘘をついているのか。

それだけはあり得ない、と今までのタクヤはそう思っていた。保安隊に育てられた自分は、単純に上の言うことを信じてきた。だが、長い間、超能力の存在を隠されてきたことがわかってから、本田への見方が変わったのは確かだ。国家のためなら、そこに欺瞞《ぎまん》があろうともなんでもやるタヌキ。部下への嘘もそこに含まれるかもしれない。

「思い出した」ユウヤがふいに言った。「——奥原晶子《おくはらあきこ》」

「なんだ?」

「頭の中に伝わってきた。バアさんの名前、奥原晶子だ」

6

特別検査室は厳重に警戒され、前よりも頑丈なカプセルに入れられた正幸を二名の保安隊員が見張っていた。本田は仕切りガラス越しに、死体のように青ざめた子供の顔を見つめた。眠っているというよりも、もはや仮死状態に近い。この破壊的な怪物をいつ目覚めさせることができるのか。もし少年を起こしたところで、コントロールができなければ最後、兵器として利用するどころかこっちが壊滅させられてしまう。もう一生このままにしておくしかないのかもしれない。

「霧原兄弟の行方は、依然つかめずか」

本田はモニターの前の柿谷教授を振り向いた。本当はこの教授は霧原兄弟を生かしたまま捕獲し、脳を解析したくてうずうずしているにちがいない。アインシュタインの脳を盗んだ病理学者のように。だが、あの直人を捕獲してカプセルに閉じ込めるなど、正幸少年以上に困難を極める。

「はい、今のところ手がかりはなにも」柿谷が答えた。「人員も投入していますが」

「まさに神出鬼没か。彼らの能力である可能性もあるな」

「瞬間移動ってやつですかね」

やっかいだ。もし彼らにそれが可能だったら、駆除することも困難になる。

「予言者の様子はどうなんだ?」

本田はそう尋《たず》ねながら検査資料室に入っていった。このところ忙しくて顔を拝見していない。柿谷があとに続いてくる。

「はい、脳からの信号は微弱ですが、メッセージを受け取って解析することは可能な状態です」

柿谷はドアを閉めて鍵《かぎ》をかけた。そこには保安本部設置以来のあらゆる保安隊員のデータが保管されている。脳研究の検査結果、カルテ、写真、映像……門外不出の個人情報の山だ。厳重に管理されてしかるべき部屋であることはまちがいない。

だが、本当に重要なものは別にあった。

本田は一見、壁にしか見えない奥のドアに手を近づけた。掌紋認証でするりと隠しドアが開く。その奥にはもうひとつ、大きな四角錐《しかくすい》の隠し部屋があった。ＬＥＤの青白い光が彼の顔に当たる。

ピラミッドルーム。

壁を東西南北にそれぞれ合わせた二等辺三角形の空間は、どこかおごそかな雰囲気に満ちている。保安本部の中でも、このエリアが存在することを知っている人間はごく一部しかいない。中に入った本田は大きく息を吸い込んだ。本部長である彼がもっとも高揚《こうよう》した気分になるのはこのときだ。ピラミッドパワーの生命力活性効果は、君枝が瞑想《めいそう》実験で確認済みだが、彼の理由はそれではない。本田に作用するのは、最高機密という名の成分だ。

選ばれし者。

たとえどんなに高い要職につけても、この極秘を知らない立場では意味がない。十年前、本部長に抜擢された本田は、前任者からこの部屋に入る権利を受け継ぎ、まるで日本を征服したような興奮に包まれた。ピラミッドルームの中央には、青白く光る棺桶《かんおけ》型のカプセルがアートのオブジェのように置かれ、カプセルの透明なガラス越しに萎《しな》びた老女が横たわっているのが見える。その頭には色とりどりの電極がシュールなヘアアクセサリーのように差し込まれていた。

奥原晶子――〈アークコーポレーション〉の元社長。二〇一八年に心臓発作で倒れ、心肺停止状態になったときにはすでに百歳だった。そのシワだらけの顔は水分を失って古カバンのようにこわばっている。本田は奥原の若くみずみずしいころの映像を見たことがあった。整い過ぎたその容姿は、男をハッとさせるというよりぞくりとさせるような迫力に満ちていた。

モニターの前に座っていた白衣の医師が本田を見て立ちあがり、ぎこちなく会釈する。奥原の専属医師、ドクター中村《なかむら》だ。

「新たなメッセージはないのか」本田はドクター中村に訊いた。

「――それは、まだ」

中村の顔はいつ見ても緊張で引きつっている。この社会の根底を支える命を預かっているのだから当然だ。大学付属病院の心臓外科の名医だった彼は、難病の父親を安楽死させた疑いで罪に問われそうなところを保安本部に引き抜かれた。このミイラ化寸前状態の奥原が命をキープできているのは、中村の腕と繊細な神経によるものだ。

「奥原晶子が残した予言があったからこそこの世界は維持されている。予言者のメッセージが今、どれほど重要か、わかってるんだろうな」

「もちろんです」中村はうなずいた。

奥原の予言――それはパソコンに書かれたデータで残っており、一冊の本になるほど分量がある。かつて有名な明治時代の霊能者の女性教祖が自動書記で終末論をしたためたように、奥原も未来予言ばかりでなく、社会的思想もつづっていたのだ。本田はその言葉の数々に圧倒された。彼女の世界観に強く共鳴し、自分が人生を賭《か》けるべき存在を見つけたと思った。

最重要機密事項――この国は奥原晶子の思想を中心に動いている。

「奥原の予言通りに世界は進んでいる。どんな小さな信号も見逃すなよ。我々の未来はそのメッセージにかかっているんだ」

ハッキングされる危険性を考慮し、奥原の意識はネットワークにはつながれていない。メッセージはまず保安本部が受け取り、政府の一部の人間だけに送られていた。その中には全盛期の奥原を教祖のように崇《あが》めていた者たちもいる。

だが、本田は彼女を崇めはしなかった。畏敬《いけい》よりももっと恐れの混じった感情、畏怖《いふ》――それを人間に感じたのは彼女が初めてだ。

「しかし、予言者は……」中村は口ごもった。「弱っています。寿命をとうに超え、かろうじてという状態で――」

「死なせるな」本田は命じた。

ドクター中村の肩がびくりと震える。本田はその肩を揺さぶってやりたくなった。予言者を失うことなど、考えられない。彼女のインスピレーションは混沌とした世界を正しく進むための唯一の羅針盤なのだ。

しかし、なぜか霧原兄弟のことは予言書にひと言も書かれていなかった。ただ、たった一行、気になる表現があるにはあったが。

『ひとつの概念が破られたあかつきには、不確定要素が現れる』――。

「予言者の潜在意識を持続させるため、我々は全力を尽くしています」柿谷は言った。「彼女は言い残しました。肉体がなくてはこの世を解析できないと」

本田は柿谷と並んでこんこんと眠る枯れた老女を見つめた。霧原兄弟が現れた今、彼女は次にどんな予言を出してくるだろう。

「……本部長」ふと、柿谷が質問してきた。「本部長は脳が先か、それとも意識が先か、どっちだと思いますか?」

「なんだ、急に」本田は苦笑した。「それはもちろん、脳の中で意識が発生するんだろ」

「そうでしょうか。ぼくが思うに、脳がなくても意識は存在するんじゃないかと。脳は受信器のようなものだと思うんです。奥原晶子は人間離れした脳で、なにかの意識を受信しているのでは？」
　本田は真面目に語る柿谷の顔をしげしげと見た。ドクター中村は、この部屋で聞いては
いけないことを耳にしたように顔を引きつらせている。そのなにかは、戦前までは神とか
霊とか宇宙存在とかと呼ばれてきた。
「残念だが、おまえのその意見は今の世界に発表はできないな」
「わかってます。こういうことを言うから、ぼくは大学をクビになったんです」
　柿谷は額に手を当て、長く深いため息をついた。

7

　ゴーストタウンの一角に広がるB級繁華街は、武藤玲佳《むとうれいか》の記憶よりだいぶ賑《にぎ》わってい
た。ゲームセンター、キャバクラ、ホストクラブ、ゲイバー、ショーパブ。行き場を失っ
た外国人があちこちに無許可の屋台を出している。炭火で焼かれたエスニックフードから
食欲を刺激するスパイシーな匂いが漂っていた。
　ここ、懐かしい。玲佳は曽根崎道夫《そねざきみちお》と連れ立って歩きながら、きょろきょろ周りを見回
していた。ここを歩いていた玲佳がチカンをぶちのめして捕まったのは七年前、まだ十五
歳のころだ。そのときよりもネオンの数はずっと多くなり、街はさらに猥雑《わいざつ》になってい

る。ごちゃごちゃした路地、古いビルや安アパート、山積みになった粗大ゴミ。モグリの商売や違法薬物売買なども増えている。逃亡中の能力者やレジスタンスが潜伏しやすい環境ではあるが、保安隊もよほどのことがない限りこの地区は放置していた。

「なあ」隣を歩いていた曽根崎がぶつくさ言った。「俺たちはアルファチームだぜ」

前から千鳥足で歩いてきた酔っ払いが、曽根崎を見るなりあわてて迂回《うかい》していく。保安隊のジャケットを着たふたりは風俗店のネオンより目立っていた。

「だから?」

「能力者がいるかも、なんていうタレコミでわざわざ出向くなんてよ、こんなの下《した》っ端《ぱ》にやらせりゃいい任務だろ」

「ねえ道夫」玲佳は振り向いた。「いいかげんそのヒガみっぽいイジケた性格直したら?」

たちまち曽根崎がイジケた表情になる。それそれ、それがムカつくのだ。

「なんだよ、俺はイジケてなんか――うっ」

玲佳はいきなりヒジ鉄を食らわせた。テレビ局の廊下で霧原直人に瞬殺されて以来、曽根崎は梅雨時のカビみたいにじめじめしてうっとうしい胞子を撒き散らしている。そもそも敵は能力トレーニングをちょっとやったくらいでは太刀打ちできない能力者なのだ。にもかかわらず、黒木タクヤは直人と互角に戦ってみせた。そこが曽根崎の最大のイジケポイントだ。

「ちっちゃな男。道夫はタク兄へのジェラシーが能力のバネなんだね。タク兄に勝ちたいなら、霧原直人を先に倒す。それくらいの根性見せなさいよ」

「わかってるっつーの。なんだよ、おまえだって負けたくせに」

今度は勝つ――直人に負けたことで、玲佳の闘争心はより高まっていた。勝ち気な自分のバネはズバリ、一度負けることだ。

「あそこだ」玲佳は指さした。「タレコミのあったメイドキャバクラ」

〈アスタリクスゼロ〉――店頭にはツルツルお肌のお人形みたいな少女の修正写真が飾られている。モノトーンのメイド服、白いフリフリエプロン、レースのヘアアクセサリー。ちょうど店の中から、そのコスチュームを着たピンクの巻き髪少女が中年男といっしょに出てくるところだった。

「じゃあね、また来るよー」

男が言うと、少女は甘い声で身をくねらせた。

「約束ですよぉ」

男は目尻《めじり》を下げ、小学生のようにバイバイと手を振りながら去っていく。曽根崎がケッと吐き捨てた。その声に振り向いた少女が、つけまつ毛で重そうな目をはっと見開く。

「じっとしてろ」

すかさず曽根崎はメイドの顔に携帯端末のレンズを向けた。変装を見破る顔認識システム。もし保安隊に追われている手配者だったら顔を変えているはずだ。

ピピッ。画面に検索終了のサインが出た。該当者なし。

「合格。この店にユイカって子いるか？」曽根崎が訊いた。

「わ、わかんない」ピンクの巻き髪がプルプル揺れる。

メイドキャバクラに能力者がいる。源氏名はユイカ——保安本部への通報は舌足らずな若い女の声だった。もしかしたらジェラシーで狂った同僚かもしれない。怯える巻き髪少女を顎《あご》でうながし、玲佳と曽根崎はいっしょに店の中へと入っていった。

けばけばしいライトが光る安っぽいステージ。そこそこのルックスの五人のアイドルがはかない夢の歌を歌っている。客席はアイドルと同じ振り付けで踊ったり歓声をあげたりする男たちで半分ほど埋まっていた。玲佳は思わず立ち止まり、その一種異様な光景をまじまじと見た。

保安隊にスカウトされなかったら、わたしもあそこで踊っていたかもしれない。

あのとき、十五歳の自分の目には華やかな世界に見えていた。路上スカウトされてその気になりかけていたが、店の面接にいく途中でチカンにあい、過剰防衛で捕まって留置場に放り込まれ、今度はそこで本田に保安隊にスカウトされた。おかげでハードな人生に路線変更されたのだ。どちらが自分のキャラに合っていたかは言うまでもない。

「はい、誰も動かないっ」玲佳は声を張りあげた。「じっとしててっ」

振り向いた男たちが制服姿の保安隊員にギョッと立ちすくむ。盛りあがっていた空気は一気に凍りついた。曽根崎が客席に分け入り、接客の手を止めたメイドたちに携帯端末を向ける。

「こっち向けっ」

少女たちは引きつった笑顔を曽根崎に向けた。やれやれ、もはや職業病だ。曽根崎はその顔を銃でも撃つように次々とチェックしていく。だが、ひとりだけ、彼に背を向けてかがんでいる少女がいた。

「おいっ」曽根崎はその肩に手をかけた。「顔を見せろ」

「待ってください、ストッキングが伝線しちゃって――」

黒いボブカットのメガネっ娘《こ》が振り向いた。地味で真面目そうで暗い雰囲気のメイドだ。こんなルックスで仕事になるのか。曽根崎がとりあえずレンズを向け、すぐに人相識別が始まったが、玲佳はもう別のメイドに目を向けていた。ピピッと検索が終わった音がする。

「ぐえっ」曽根崎が変な声をあげた。

振り向いた玲佳は、曽根崎の携帯端末の画面に見覚えのある顔が映っているのを見た。

女は怖い。あのダイナーで会ったときとは別人だ。

「お、おとなしくしろっ、秋山唯《あきやまゆい》」曽根崎が手錠を出した。「おまえを拘束――」

次の瞬間、その顔面にウィスキーのボトルが激突した。ぐわああっと鼻を押さえて曽根崎がのけぞる。唯はボトルを捨ててすばやく走り出した。

「待ちなさいっ」

玲佳はすかさず銃を抜いてそれを追う。唯はステージに駆けあがり、楽屋に逃げ込もうとしている。玲佳は躊躇《ちゅうちょ》なく撃った。

パシン。ステージライトが弾け、ガラスが飛び散る。

「きゃああっ」「助けてーっ」

アイドルたちは泣きわめきながらステージから下りてくる。チャンスとばかりにそれを抱きしめようと駆け寄るファンの男たち。たちまち店内はパニックになった。玲佳は人混《ひとご》みをかきわけて楽屋に駆け込んだ。鼻血を垂らした曽根崎がよたよたと追いかけてくる。

「バカ、なにやってんのっ」

「チクショウッ――あ、あそこだ」

ボブカットのメイドが裏口から飛び出していく。ふたりは先を争ってぶつかり合いながらターゲットを追って駆け出した。

※

秋山唯は繁華街を走りながらカツラとメガネをむしり取り、道端《みちばた》に投げ捨てた。厚底パンプスが走りにくい。こんなに早く見つかるとは思っていなかった。

あのふたりはダイナーで撃ってきた保安隊員だ。またわたしを害虫みたいに駆除しようとしている。冷酷で一方的。死んだほうがいいのはあいつらだ。

「キャアッ」

前からきた通行人とぶつかり、唯はアジアン雑貨の露店に突っ込んだ。足首がグキッとねじ曲がる。屋台が傾き、ガラガラと陶器やアクセサリーが降りかかってきた。

「バカやろうっ」肌の浅黒い露店商が怒鳴《どな》りつけてくる。

振り向くと、後ろから追ってくる保安隊のふたりが目に入った。必死で立ちあがろうとして痛みで顔がひきつる。足首を思い切りくじいてしまった。

「いたっ、あそこよっ」女隊員の鋭い声がする。

最悪。唯は痛む足を引きずりながら走り出した。パニック状態で闇雲《やみくも》に何度も路地の角を曲がる。恐怖で心臓が破裂しそうだ。ゴミ箱を蹴飛《けと》ばしながら狭い路地に駆け込んだ彼女は、絶望して立ち止まった。

行き止まりだ。もう逃げられない。突き当たりの無情な壁に手をつき、観念して後ろを振り向く。ブーツの足音が近づいてきて、銃をかまえた地獄の使者が姿を現した。

袋のネズミ。保安隊のふたりは目をギラギラさせ、唯に狙いをつけた。

「ふざけやがって」男の隊員が血の混じったツバを吐き捨てる。おしまいだ。この人たちにとって自分は人間ではないのだ。唯は女隊員を見つめ、涙ながらに最後の懇願《こんがん》をした。

「やめて、お願い、こんなのまちがってる――」

「ダメ」

女の指が引き金にかかる。唯はこの世をシャットダウンするように目をつぶった。

ドーン――突然、背後で大きな破壊音が響いた。銃が発砲するより早く、砕けた壁の破片が保安隊のふたりに襲いかかっていく。その頭にコンクリートの塊《かたまり》が次々とぶつかった。

「ウワアッ」保安隊員たちは叫びながら倒れた。

振り向くと、壁が崩れてショベルカーが開けたような大きな穴ができている。唯はなにが起きたのかわからないまま、巨大な掃除機で吸われるようにその穴に吸い込まれていった。体が勝手にすごい勢いで後ろ向きに飛んでいく。死んじゃう、と思った瞬間、ふわりと浮きあがった。

みるみるうちに繁華街が眼下に小さくなっていく。驚きに声も出ない。路地に倒れて動かない保安隊のふたりが見えた。唯の体はまるで神風に運ばれたように宙を飛び、雑居ビルの屋上にストンと降ろされた。もし足の痛みがなかったら、それが現実とはとても思えなかっただろう。

そこに、髪を風になびかせたあの兄弟がいた。

8

唯が路地に追い詰められたのを見た兄は、すかさず遠距離から力を放った。攻撃はスナイパーのように正確だった。ひとつまちがえば壁ごと唯が吹っ飛んでいたところだ。

直也は十五階建てのビルの屋上から身を乗り出し、気絶して転がっているふたりの保安隊員を見下ろした。ダイナーと正幸の家で会った隊員たちだ。もし、翔子のノートがなかったら、今ごろあそこに転がっているのは唯の銃殺死体だっただろう。

「……ありがとう、また助けてくれて」唯は涙ぐみながら、感謝の目でふたりの顔を交互に見た。「ごめん、もうバケモノなんて言わないから」

メイド服を着た秋山唯はコンクリートブロックに座り込み、震えながら痛そうに足をさすっている。この前会ったときとだいぶ感じがちがう。同じような白いエプロンをしているが、オーラがくすんでいて、まるで打ち捨てられた人形のようだ。それはこの荒《すさ》んだ街で生き延びてきたからなのか。直也の視線に気づいた唯は、風にめくれるひらひらスカートの裾《すそ》を押さえながら言った。

「……あれからずっと逃げてて、やっと居場所を見つけたの。ここらへんは無国籍の人でも雇ってくれる、B級繁華街だから。保安隊も放置してる地域のはずだったんだけど」

「居場所がバレた理由に心当たりはないのか？」直人が訊いた。

「……やっぱ、密告されちゃったかな。賞金も出るし」

唯は寂しそうに街灯《まちあか》りを見つめた。やりきれない。こんなルールレスな街にも彼女の居場所はないのか。

「……アリサが——仲良くしてた店の子なんだけど、その子の指名客が殺人犯だってわかっちゃったの。で、待ち合わせに行くのをやめさせた。死にたくなかったら行くなって」

「その女の子が殺されるところが視えたんだね？」直也は訊いた。

「うん、視えるってことはほっとくなってことだと思ったし。でもアリサ、わたしをチクったんだ。用心してたのに、バカだよね。未来を視ても知らないフリをしてれば、変な目で見られたり、追われることもないのに。でも、それならこの能力はなんのためにあるのって、そう思った」

直也はわかるよ、とうなずいた。意味のない力などないはずだ。御厨の言うことが本当で、岬老人の予言で兄弟が動かされているのなら、この唯もなにか役目を持っているのかもしれない。

「あなたたちはどうしてここに？　偶然——のわけないよね」

「ぼくたちは、ここに来れば唯さんに会えるって教えられたんだ」

「教えられた？　誰に？」

直也は大切に抱《かか》えていた翔子のノートを見せた。屋上を吹き渡る風にバサバサと音を立ててページがめくれる。

中間世界の研究所から消えたあと、ふたりはあのシルバーの乗用車の中で目を覚ました。直也はしっかりとこの翔子のノートを抱きしめて。すべての真相を知り、それをまだ消化できずにいるしくしくした胸には、消えかけた御厨の残した言葉が刻み込まれていた。

『残された人々を助けるんだ。苦しみを分かち合ってくれ。直人、直也、頼んだぞ』

だが、希望もなければヴィジョンもない。そのためにどうすればいいのかもわからない。直也にできることは、翔子の残したロンゴロンゴの言葉を受け取ることだけだった。

その結果、今、こうして唯と再会している。ノートには兄弟が行くべき場所と時間、会うべき人が記されていたのだ。もし、唯がアリサに関する予知をスルーしたら、そして保安隊に追われることもなかったら、翔子の予言ははずれていただろう。

「変な文字……何語？」

恐々とノートを開いた唯が目を丸くした。

「ロンゴロンゴだ。イースター島で発見された古代文字。まだ解読はされてない」

直也の言葉に唯はあっけにとられた。

「それが――読めるわけ？」

「読めるんじゃなくて、感じるっていう方が近いかな。文字を追ってると、必要な情報が伝わってくる。このノートが唯さんに会うようにって」

「ふーん」

こんな怪しい直也の話も、能力がある唯は受け入れられるようだ。彼女は白いマニキュアをした指でおそるおそる文字をなぞった。もしかしたら唯も読めるかも……と思ったが、すぐに首を横に振ってノートを直也に返してくる。

「わたしにはなんにもわからない。それで、会ったあとのことはなんて書いてあるの？」

「それは……わからないんだ」

「なにそれ」唯は笑った。

翔子のノートの予言は、詩のような断片的な言葉で記されている。だが、唯と会うべき理由は書いていない。

「どうしてわたしのことなんか……予知能力だって、これ書いた人の足元にも及ばないのに」

だが、唯はアリサという店の女の子を見捨てなかった。人のために力を使ったせいで自分が命の危険に陥《おちい》っている。本人に自覚はないが、エゴが少なくて愛情があるのだ。彼女の方向性は正しい。そんな唯の元に兄弟が導かれたのは、それが必要なことだからだろう。

唯は生き残らなければならない。

「その、密告した子はどうなったんだ？」直人が訊いた。

「アリサ？　わたしのこと気味悪がって、店辞めちゃったから、無事だと思う」

「助けたんだな、おまえの能力で」

唯が予知しなければ、そして危険を顧みずにそれを話さなければ、その子は死んでいただろう。唯は目を細めて直人を見あげた。

「うん、でもね、それより重要なのは、アリサにチクられたおかげで保安隊がわたしを捕まえにきて、あなたたちが現れたってことじゃない？　やっぱり視えるってことは、ほっとくなってことだって、今納得したわ」

9

このプライベートな空間に女が入ったのは初めてだ。ユウヤは侵入者に縄張りを荒らされたような落ち着かない気分だった。保安隊の寮には男女の区別がなく、行き来が禁止されているわけではない。だが、タクヤも自分も今まで自室に異性を連れ込んだことはなかった。

「わたしこれ嫌いなの」ソファに座った小林君枝が足を組みながら言った。「ワインにして」

ここはバーじゃないんだけどな。テーブルの上にはタクヤが出した緑色の瓶ビールが置かれている。その横に君枝の持参したノートパソコンが開かれていた。兄弟は君枝の向かい側に並んで座り、言いたい放題の闖入者《ちんにゅうしゃ》に呆れている。

個人的な話だから、と君枝はふたりの部屋にさりげなくやってきた。彼女の手土産は、ふたりの両親の内密情報だ。

「俺らが飲まねえ酒は置いてない」タクヤが言った。

「わたし、赤がいいんだけどな」

記念すべき女性訪問者第一号がこのワガママ女とは。タクヤは無言で眉を吊《つ》りあげた。

「わかったわ、そんな怖い顔しないで」

「で、なにかわかったのか?」

「わたしもユウヤの記憶を共有して、疑問に思って調べてみたの。あの過去のヴィジョンが本物かどうか」

「それで?」ユウヤは身を乗り出した。

霧原直人と霧原直也が両親の失踪時に現場にいた。ユウヤの実感では百パーセント本物だ。わからないのは、彼らの年齢が今と同じだということ。まさかあいつらヴァンパイアじゃないだろうな。

「あなたたちの両親は第三次世界大戦前からずっと、外務省に勤めていたらしいわ」

君枝はそう言いながらパソコンにパスワードを入力すると、画面をユウヤとタクヤの方に向けた。

「感謝しなさい。わたしだからアクセスが許されているデータなのよ」

スーツ姿の黒木貴光と黒木祐子の正面写真。いつも子供に見せていた顔とはちがう、真面目できりっとした表情だ。その下にふたりの経歴がずらりと並んでいる。おのおのちがう国立大学の英文科の大学院を修了し、ヨーロッパやアジアに留学経験もあった。

「両親ともに重要なポストに就いていたみたい。ふたりとも優秀だった。それゆえに、反政府運動組織に目をつけられた」

え？　とユウヤは顔をあげて君枝を見た。

「大戦後、世界が今の体制に舵《かじ》を切ったとき、黒木貴光はレジスタンスに重要機密を渡してしまったのよ」

「嘘だ、信じられない」兄が声をあげる。

「記録に残ってる。そこからはもう、レジスタンスとの関係を断ち切れなくなったようね」

「オヤジが、国を裏切ったっていうのか？」

ありえない。だが、幼かったふたりが両親のなにを知っていたというのだろう。

「ええ、でも同情するわ。機密を渡さなければ子供たちを――あなたたちを殺すと、脅迫を受けてたみたい」

「そんな……」ユウヤは絶句した。

そんな理由でもなければ両親が国を裏切るわけはない。脅迫に屈してしまったのか。だが、はたしてそれは事実なのだろうか。

「そして、あなたたちに手を出さないことと引き換えに、レジスタンスの仲間になるという約束をした。あの夜がその日だったようよ。だけど、両親は直前に保安本部に家族保護の要請もしているの。結局、それは無駄になったけどね」

ということは、あの兄弟はレジスタンスの仲間だったのか。

「特務部隊が駆けつけたとき、そこにいたのは眠った幼い兄弟だけだった……とあるわ」

「あいつらが両親を連れ去ったんだ」タクヤは拳を握りしめた。

「わたしもたしかにユウヤのヴィジョンであの兄弟を視たわ。でも、彼らの記録はどこにもない」

「なぜだ。たとえ特定できなくても、どんな組織のどんな人間が両親に接触したか、その記録はあるはずだ」

ユウヤも疑問に思った。裏切り者に逃げられた保安隊がそれで引き下がるわけはない。

「その後の消息は？　機密を持った人間が拉致《らち》されたんだ。保安隊は行方を追いかけたはずだろう」

「それも、記録に残ってない」

「そんなことあり得ないだろ」

「人口が三分の一になるくらいの大戦から、三年後の出来事よ。なにかが記録されてなくても不思議ではないでしょ」

本当なのだろうか。ユウヤはじっと君枝を見つめた。まだなにか他に隠しているのではないか。この情報開示すらコントロールのひとつということもあり得る。ユウヤは真偽をたしかめようと、そっと君枝に向かって意識の手を伸ばした。裏口から入るように、そっと、そっと……。

「ユウヤ、ストップッ」君枝が声をあげた。「わたしをリーディングしようとするなんて、なんのつもり？　わたしはなにも知らない。それに、なにかあったとしても、あなたのリーディングを防ぐくらいの力は身につけてる」

やっぱり無理か。ユウヤはきまり悪い思いで君枝から目をそらした。力量が自分より上回る彼女には、完全に動向を読まれてしまう。逆に、こちらはたとえ大嘘をつかれていても見破ることはできない。

「だけど、なんで本部はこのことを俺たちに隠しているんだ」タクヤが言った。

「さあ。けれど両親が裏切って失踪したなんて、子供だったあなたたちには言えないんじゃない」

そんな思いやりが理由とは思えない。ユウヤはまったく心を読めない本田本部長を思い出した。あのタヌキの右腕である君枝も人をたぶらかすエキスパートだ。

「奥原晶子っていうのは、誰なんだ」タクヤが訊いた。「ユウヤの夢に出てきた」

「――奥原？　知らないわ」

そのとき、君枝はふいをつかれた。言葉とはちがう波動が瞬時にユウヤに伝わってくる。このくらいならリーディングの必要はない。

君枝は今、ぺろりと嘘をついた。

ユウヤはちらりとパソコンに目をやった。やはり君枝は信用できない。すべて明かしてくれないのなら、ネットワークを直接リーディングすればよいのではないか。それは自殺行為だから絶対にやるなと、君枝から厳禁されているが。人間の脳には限界がある。膨大な情報量によって脳に負担がかかり、精神が崩壊してしまうかもしれないと。だが、どうしても両親のことを知りたい。このままごまかされてしまうのは嫌だ。

やるなら、今しかない。

「あっ、ユウヤ」君枝が叫んだ。「やめなさいっ」

本気の感情がこもった声。それを聞きながら、ユウヤはすでにパソコンに触れていた。

ぐわん、と揺さぶられる脳。奇妙な紋様が洪水のようになだれ込んでくる。形になる前の情報。フラッシュ。それが一気に何万人もの顔となる。知らない顔。フラッシュ、フラッシュ。大人、子供、笑い顔、泣き顔。細胞群のような塊の中央から押し寄せてくる白い泡。それは自分の記憶とつながり、攪拌《かくはん》される。

泡、泡、ソーダ水の泡。

父親と母親、タクヤ、霧原直人と直也。カプセルの中の正幸少年。双海翔子。

灰色の霧、白い花畑、あがっていく枯れ枝のような指。

見たことのないピラミッド型の部屋。棺桶のようなカプセルの中、横たわる老女のシルエット。

奥原晶子だ。

くわっとその目がぎりぎりいっぱいに開かれ、ユウヤを見る。

その目の向こうに一気に空間が広がっていく。

宇宙だ。目の前には地球が浮かんでいる。日本が見える。

しかし、その地球は――。

※

「うわああっ」

タクヤは弟がのけぞって叫ぶのを見た。恐ろしいことが目の前で起きている。その顔や手の皮膚には奇怪な幾何学模様がレリーフのように浮かびあがっていた。

「ユウヤッ」

「ネットワークを直接リーディングしてるっ」君枝が立ちあがった。「なんて無茶を――」

このままでは脳がイカれる。タクヤは急いで弟の手を引っ張ってパソコンから離そうとした。だが、鉄の棒のように硬直していて動かない。とっさにテーブルごとパソコンを蹴り飛ばした。ビール瓶がふっ飛び、パソコンが床に転がる。指がキーボードから離れたとたん、ユウヤはスイッチを切ったロボットのようにくたりと床にくずおれた。

「ユウヤ、おい、ユウヤッ――」

完全に意識がない。タクヤは弟の脈をとった。血管が破裂しそうなほど速い。肌は赤く熱を持ち、刺青《いれずみ》を入れたように紋様でまだらになっていた。さすがの君枝も青ざめて立ちすくんでいる。

「早く、医療班を手配してくれっ」

君枝が我に返り、あわてて携帯端末で連絡を取り始める。タクヤはその声を聞きながら弟をソファに横たえ、ビールに濡れて転がっているパソコンを見た。人のことは言えないが、こいつは無謀すぎる。俺以上のバカヤロウだ。

弟は命をかけて両親の失踪に関わる情報を得ようとしたのだ。

10

だらしなく口を開けて気絶していた保安隊の男を、やっと目を覚ました女隊員が揺さぶり起こした。ふたりは足を引きずりながらよたよたと路地を戻っていく。そこから少し離れた雑居ビルの屋上に指名手配者三人がいて、上からその姿を見られていることも気づかずに。

「もう大丈夫だ」兄が言った。「俺たちの姿は見られてない。だが、すぐにここを離れたほうがいいだろう」

直也はコンクリートブロックに座っている唯を振り向いた。まだ足は痛そうだが、だいぶ落ち着きを取り戻している。それは、いっしょに能力者がいることが大きいだろう。ずっとこのひどい世界でひとり、理解されずに迫害され続けてきたのだから。

一方、直也のほうも、兄以外に能力の話ができる唯に対してちょっとした仲間意識を感じていた。もし、こんな世の中でなかったら、ふたりはいい友人になっていただろう。

「その足じゃ歩くのは無理だ」直人が言った。「俺たちといっしょに車に戻ろう」

黒いエナメルの厚底パンプスはグラグラして安定せず、右足首は腫《は》れてゾウの足のようになっている。唯は立ちあがろうとして、ウッとうめいた。

「イタタタ……」

「だ、大丈夫？　唯さん」

直也は思わず手を出しそうになり、すぐに引っ込めた。接触リーディングをしないように注意しなければ、心の覗《のぞ》き見《み》になってしまう。唯はそんな自分をしげしげと見つめてきた。若い女性のそんな視線に慣れていないから、少しドギマギする。

「直也さんて……ヒーリング能力はないの？　なんか、ありそうな感じだけど」

えっ、と驚いて目を見開き、兄を見た。それができたら、兄が撃たれたときも治したのだが。幸い、エネルギーの強い兄は小さなころから傷の治りも早く、もう銃の傷はほとんど回復していた。

「犬の病気を治せたことはあるけど、人間は……」直也はすまなそうに言った。「あ、でも、もしかしたら――」

「なに？」

「もしかしたら、力を同調させればできるかも。御厨さんが言ってたんだ、超能力は同調させると倍増するって。唯さんの自己治癒能力に焦点を合わせて、ふたりの力を同調させれば……」

兄の顔にちらりと羨望《せんぼう》が走る。昔からなにかを壊すたびに直人はぶつぶつ言っていた。どうして俺は壊すことができても直すことができないんだ?

「んー、できるかな」唯は首をかしげた。「でも、ダメ元。やってみる」

こんな前向きな子がいなければ、試してみようとも思わなかった。直也はうなずき、唯の足元にしゃがみこんだ。

「触ったら、わたしのことわかるんだよね」

「大丈夫、心に鍵をかけてるから」

「いいよ、少しぐらいのぞいても。じゃあ」

直也は唯と目を合わせ、同時に彼女の足首に触れた。唯が集中するように目を閉じる。すぐに手の下から熱が伝わってきた。直人はそばに立ち、儀式でもやっているような神妙なふたりの顔を見ている。

「……治ってる自分をイメージして」直也は囁《ささや》いた。

緑色の光が見えた。生命力には自発性がある。歪んだ足が元に戻りたがっていた。体はダメージを受けても自らを整えることができるのだ。

「なんか……あったかい」唯がつぶやいた。

「うん、体が動きたがってる」

エネルギーが足首にどんどん集まってきて、修復をはかろうとする。直也は手に集まってきた悪い気を呼吸とともに宙へ飛ばした。心なしか唯の足首が細くなったように見える。唯が目を開け、ほっとしたように微笑みを浮かべた、そのときだった。

いきなり、宙に青白い光が走った。雷に打たれたように体に電流が走る。直也は叫び声をあげてのけぞった。

苦しげなユウヤ。顔に奇妙な紋様が浮かびあがっている。マトリックスの幾何学パターンだ。たくさんの人間。大量の白い泡が発生してそれをかき消す。

ソーダ水の泡。浮かびあがるタクヤ。憎しみの目。灰色の霧がそれを覆う。

白い花畑。その真ん中から誰かが自分を見ている。

老女だ。黒いドレスと黒い帽子。

枯れ枝のような指がこちらを指さす。口が動く。なにを言っているかわからない。

ピラミッドルーム、棺桶型の奇妙なカプセルに入っている老女。

その目がめいっぱいに大きく見開かれ、それから――。

地球だ。

漆黒の闇に浮かぶ母なる星。だが、完全な球体ではない。

その形は東半球から赤黒い光に侵食され、ボロボロと崩れていく。

地球崩壊。その中心にあるのは、日本だ――。


「いやーっ」唯の悲鳴が聞こえた。

直也は頭を抱えながら倒れ込んだ。ふたりいっしょに今のヴィジョンを受信したのか。体中が感電したように痺《しび》れ、呼吸が苦しい。

「どうしたっ」

兄が急いで駆け寄ってくる。その手に触れられ、アース線がつながったように気が流れた。息ができるようになった直也は、あえぎながら言った。

「……ユ、ユウヤが視えた」

「ユウヤ?」

「たぶん、ユウヤがネットワークをリーディングしたんだ。そして、意識を失ったとき、それがトリガーとなって次元のちがう領域にアクセスした。ぼくはそれを受けてしまったんだ。ほんの一瞬、いくつかの意識と情報を共有したよ。そしたら、今まで視たことのないとんでもないヴィジョンが――」

「なんだ、なにが視えたんだ」

唯の目はうろたえ、宙をさまよっている。直也と力を同調していたために巻き込まれたのだ。引きつったその顔は、保安隊に殺されかけたときよりも青ざめている。

「わ、わたしは——地球がなくなるのが視えた」唯は涙ぐんだ。「ボロボロに崩れて、宇宙に消えてくとこが——」

今まで視えたものの中で、もっとも衝撃的な滅亡のヴィジョン。やはり唯も直也と同じ光景を視ていた。

「地球が——なくなるだと?」兄が絶句する。

「恐ろしい光景だった……」直也は震えた。「破壊と闇。地球が宇宙に消えていくんだ……日本のあたりから」

「こんなの、視たことない」唯は泣き出した。「これって、まさか予知なの?」

そんなはずはないと思いたい。だが、今までは周囲の人間についての予知しかできなかった唯が、突然、地球の崩壊を視た。そして、直也の予知ははずれたことはない。この取り残された地球の人々を救うために自分たちは戻ってきたのではないのか。それなのになぜ、こんな滅亡のヴィジョンが視えてしまったのか。

「……誰かがわたしを見てた」唯は言った。「貴族っぽいおばあさん。あれは、誰?」

「ああ、ぼくも感じた。すごく強い力を持ってたよ」

そう言ったとたん、老女の意識がすっと伝わってきた。こめかみにズキンと鋭い痛みが走る。地図に虫ピンを刺すように、彼女は的確にこちらをとらえていた。

「――兄さん」直也は涙目で兄を見あげた。「その人にぼくたちの居場所を知られたよ」

直人の髪が生き物のようにぞわりと逆立《さかだ》った。

11

「本部長、予言者のメッセージを確認しました」

オペレーションルームに足早に入ってくるなり、柿谷教授は興奮した声で本田に報告した。

本田は思わず胸がときめくのを感じた。まるで予言者からのラブレターを待つ若者のようだ。霧原直人と霧原直也、双海翔子のことなど、直接奥原と話せたら訊きたいことが山ほどあるが、一方通行の片思いでしかない。

「よし、吉本《よしもと》、解析を急げ」

「うっす」

オペレーターの吉本が自分の出番とばかりに、いそいそとコンピューターに向かって背中を丸める。彼は予言者の機密を知る数少ない人間のひとりで、自称・奥原晶子のトップサポーターだ。

「君枝から報告があった。さっきユウヤがネットワークに侵入したそうだ」本田は柿谷に言った。

「えっ」柿谷は仰天した。「生きてるんですか?」

「ああ、相当なダメージを負ったようだ。すぐに医務室に運ばれてくるが、そっちは医療班にまかせておけばいい。今は予言者のメッセージだ」

黒木ユウヤは要注意——君枝はそう言っていた。ある意味、兄のタクヤよりも無謀なところがある。手なずけるのに失敗したらやっかいな存在になるだろうと。それともうひとつ、気になる報告がある。ふたりはなぜか奥原晶子の名前を知っていたというのだ。

いったいどこから漏れたのだろう。

本田はメッセージの解析に没頭している吉本をちらりと見た。まさかこのコミュ障じゃないだろうな。

「本部長」その声が聞こえたように、イラついた声で吉本が言った。「曽根崎から通信。B級繁華街から。ああもう、今邪魔すんなよな」

大画面に曽根崎道夫と武藤玲佳が映し出される。本田はその顔を見て眉をひそめた。いったいなにがあったのやら、ふたりとも傷だらけで、ふてくされたような仏頂面をしている。たしか密告のあったメイドキャバクラに確認に行っていたはずだが、そこで乱闘でもあったのか。

『本部長、国家反逆者の秋山唯を発見しました』曽根崎が言った。

「ほう、よくやった」本田は身を乗り出した。

『いえ、それが……その……取り逃がしまして』

隣で玲佳が悔《くや》しそうに空を仰ぐ。本田は耳を疑った。アルファチームの精鋭ふたりがなんたるざまか。

「この役立たずがっ」本田は声を荒らげた。「さっさと見つけろっ」

『ひゃ、ひゃいっ』曽根崎は飛びあがる。

『それなんですが、本部長』玲佳が前に進み出てきた。『秋山唯を追い詰めたとき、奇妙な現象がありました。いきなり不自然な力で壁が破壊されて、秋山唯が消えたんです』

「なんだと」

秋山唯にサイコキネシスや瞬間移動の能力はないはずだ。それほど覚醒していない予知能力者だが、巷《ちまた》のザコ能力者といっしょくたにできない理由がある。霧原兄弟が現れたダイナーにいたのが偶然とは思えないふしがあるのだ。できれば、ここで確実に駆除しておきたい。

「できた、メッセージ解析」吉本の得意そうな声が響いた。「ちょろいもんだ」

本田は急いで吉本の後ろからパソコンの画面をのぞいた。柿谷教授も駆け寄ってくる。

「キリハラナオト、キリハラナオヤ……やっとやつらの名が出てきたか。そのあとの数字はなんだ?」

「座標じゃないっすか?」吉本がすばやくキーを叩く。

「ふたりの居場所か」本田はうなずいた。

やっと姿を現してくれた。今まで、どんなに探しても霧原兄弟の行方はわからなかった。しかし、なぜ奥原晶子が急に居場所を特定できたのだろう。

「ここ」吉本が座標を地図に変換し、画面に出した。

曽根崎と玲佳の映像が隅の方に移動して、B級繁華街の地図が広がる。こんなところに霧原兄弟がいるのか? その地図の中には、保安隊員の現在地を表す点が二個あった。

「これは?」

「曽根崎と武藤玲佳が今いるところだ」柿谷が声をあげた。「やつらのすぐ近くです」

これが偶然であるわけはない。本田の気分は一気に高揚した。今度こそこっちが有利だ。

「おそらく、秋山唯と霧原兄弟はいっしょにいる可能性が高い」本田は声を張りあげた。

「よーし、全員まとめて駆除するぞ。ヘリの準備をして、すぐにタクヤを呼び出せ」

オペレーションルームに活気が満ちる。ついに決着をつけるときがきた。本田は気合を入れて部屋を出ていこうとした。

『ほ、本部長』大画面の隅から小さな曽根崎が声をあげた。『俺たちにおまかせください』

本田は傷だらけのふたりの顔を振り向いた。正直言って、小娘ひとり捕まえられなかった今のこいつらに、あの霧原直人の退治をまかせられるわけはない。アルファチームで太刀打ちできるのはタクヤだけだろう。

「我々が到着するまでやつらを逃がすな」本田は命じた。「頼んだぞ」

だが、躊躇なき駆除ができるという点においては、このコンビは最高レベルにちがいない。曽根崎と玲佳の顔に残酷な笑みが浮かんだ。

12

霧原直人と霧原直也がB級繁華街で発見された。

小林君枝がその知らせを受けたのは、タクヤとともに医務室へとユウヤを運び込んだときだった。呼び出されたタクヤは、弟の容態を気にしながらもバタバタと出動していった。頼んだぞ、と君枝に何度も言い残して。弟がこんなことになったおかげで、霧原兄弟に対する憎しみがますます高まったことは言うまでもない。

君枝は身内のようにユウヤのそばに残った。今、昏睡《こんすい》状態の彼のベッドの横に座り、酸素マスクをつけた幼さの残る腫れぼったい顔を見つめている。かたわらには壁と一体型のディスプレイが備え付けられ、ヒーリング効果のある南国の青い海の風景の映像が流れていた。だが、今の君枝には、それが嵐の前触れの海のように見えた。

もし、ユウヤになにかあったらわたしの責任だ。医師がセットした心電計と脳波測定装置がかすかな音をたてて動いている。一命はとりとめたものの、立てつづけに二度も意識不明になり、脳に重大な損傷をきたしたかもしれない。意識を取り戻すまでは心配でならなかった。それにもし、なにごともなく目覚めても、それはそれで心配なことがある。

ユウヤはわたしの能力を超えていくかもしれない。恐れを知らない無謀な性格、両親の真相を知りたいという熱意、そして持って生まれた資質。兄のタクヤがみるみるうちに能力を伸ばしたように、ユウヤも覚醒後の成長が早い。後輩に追い越されるのは別にかまわなかった。心配なのは、大きな能力を持つ人間の行く末だ。

はたして能力者は幸せになれるのだろうか。

それはそのまま、君枝自身は幸せなのかという問いとなって返ってくる。もちろんだ。人間のコントロールも戦いも自分の性に合っている。しかし、そのために命を失ったり傷を負ったりしたら話は別だ。

そのとき、パルスオキシメーターをつけていたユウヤの人差し指がぴくりと動いた。君枝は我に返ってユウヤの顔を見た。

「ユウヤ」

と、彼の目がいきなりカッと全開になった。まばたきひとつない。ユウヤは機械的な動きで首を曲げると、君枝に焦点を合わせた。様子が変だ。やはり脳に異常をきたしてしまったのか。その唇が動き、酸素マスクの中が曇る。君枝はそっとマスクをずらした。

「コネクトしろ」ユウヤは言った。

ロボットのデジタル音声のように平坦《へいたん》な声。その目にはなんの感情も浮かんでいない。なんなのこれは――君枝はおののいた。

「ユウヤを、わたしにコネクトしろ」ユウヤの口が動いた。

ユウヤが話しているのではない。操られているのだ。誰かの意識が彼の体を乗っ取って話をしている。君枝はその正体を見破った。

わたし――それはもちろん、唯一無二の存在。あのお方だ。

「――予言者」君枝はつぶやいた。

ユウヤがかすかにうなずく。君枝は急いで通信端末で柿谷と連絡を取った。奥原晶子はネットワークから遮断されているから、コネクトするにはあのピラミッドルームにユウヤを運ばなくてはならない。そう考えながら、君枝は不思議に思った。

奥原はいったいどうやってユウヤを見つけたのだろう。

13

また、あいつに近づいている。

保安隊の攻撃ヘリコプターに乗ったタクヤは、落ち着かない気分でB級繁華街を見下ろしていた。霧原直人を駆逐《くちく》する前に、できればもう一度話をしたい。だが、任務に集中しようとしても、苦しげなユウヤの顔が浮かんでくる。君枝にまかせておいて大丈夫だろうか。

「本部長、まもなく予言者の示したポイントです」助手席から武装したマイクが本田を振り向いた。

張り切った声。その手はヘリコプターに装備されているマシンガンにかかっている。レジスタンスとして潜伏し、テレビ局襲撃作戦で霧原兄弟を駆除するために動いていたマイクは、ふたりを取り逃がしたことをいまだに根に持っていた。暗視ゴーグルをかけた本田がうなずき、タクヤと視線を合わせる。いよいよだ。タクヤは窓から下界を見下ろした。

夜はB級繁華街の淀《よど》みを隠し、ネオンが星のように輝いている。

「いたぞ」本田が声をあげた。「ターゲット発見、ビルの屋上だ」

操縦士はヘリコプターを旋回させながら降下していく。ビルのふちに黒いコートをひるがえした男が立っているのが見えた。霧原直人だ。弟と唯は逃がしたのか、ひとりでヘリを見あげて睨《にら》みつけている。

「やつに近づきすぎるな」タクヤは叫んだ。

「排除だ、化け物めっ」

ダダダダッ——マイクがすかさずマシンガンを撃ちまくる。迷いなき駆逐。夜空に散る火花。だが、直人相手には、たとえ機関銃の弾でも効力がないことをタクヤは知っていた。

直人が手を振りあげるのが見えた。まずい。次の瞬間、衝撃波が放たれ、まるでピンポンの球を打ち返すように銃弾が返ってきた。戻ってきた銃弾は次々と機体に穴を開け、炸《さく》裂《れつ》する。ヘリコプターがぐらりと傾いた。

「ウワッ」操縦士が叫んだ。「コントロールが——」

もぎ取られたローターブレードが飛んでいく。ヘリコプターはガクガクと回転しながら落下していった。本田が怒鳴り、わめきながらシートにしがみつく。

墜落する——ユウヤの顔が頭によぎった。このままでは死ねない。

「ウオォッ」

タクヤはとっさにかたわらのハッチを開け、身を乗り出して迷うことなく飛び降りた。

直人の立っている屋上目がけて。加速度がつく。落下しながら下に向かって衝撃波を放ち、着地による自分の体へのダメージを少しでも減らす。

ガツン。タクヤは屋上のコンクリートに横倒しになった。はずれたヘルメットがもげた首のようにゴロゴロと転がっていく。

「……また会ったな」直人の声が聞こえた。

顔をあげると、自分を見下ろしているクールな目が見えた。ヘリコプターが直人の向こうをヨタヨタと飛んでいく。すぐに繁華街の向こうに見えなくなり、火柱があがった。本部長とマイク、操縦士を乗せたままだ。

「無意味な戦いだ」直人はちらりとそれを見た。「もうやめろ」

タクヤは歯を食いしばりながら立ちあがった。街の一角からもうもうと煙があがっている。保安隊のヘリコプターを墜落させて、この男は平然としている。憎き敵。それ以外の関係はない。

「ふざけるな――おまえとは、そろそろ決着をつけないとなっ」

タクヤはそう言うなり、衝撃波を発しながら直人に殴りかかった。

ガシッ。直人の腕がタクヤの攻撃をブロックする。能力を張り合うように。ふたりの腕がぶつかり合い、激しいエネルギーの波があたりの空気を震わせた。

「だが、その前にもう一度確かめたいことがある」タクヤは言った。

「なんだ」

ふたりは力の限り腕と腕で押し合いながら間近で睨み合う。直人はただやられたことをやり返しているだけだ。決して自分からこちらを踏みつぶそうとはしない。そこが頭にくる。

「十五年前、オヤジたちになにをした？」

「言っただろう、おまえたちの両親には会ったこともない」

「ユウヤがはっきり視たと言ってんだ、過去のヴィジョンを。おまえと直也がいたんだ。俺とユウヤは薬で眠らされていた。ソーダ水に薬を入れられて」

「ソーダ水？」

直人が思い当たることがあるような顔をした。

「やっぱりおまえたちが拉致したんだなっ」

「なにかのまちがいだ。俺たちが関われるわけないだろ」

「信じられるか。反政府組織に命じられたのか」

「反政府組織だと……？」直人は眉を寄せた。「なんのことだ」

またはぐらかそうとしている。タクヤには絶対にこの男を信用できなかった。直人ばかりではない、自分の周りの世界が薄暗い二面性を持っていて、真実がぼやけて見えない。そのおかげで、ユウヤが無謀な行為に走り、死にかけてしまった。

「とぼけるなっ」

タクヤは腕を離して後ろに飛びすさった。ふたりの間にまた距離ができる。

「やめろ」直人は言った。「おまえとは戦いたくない」

「だったら、俺の言うことを聞くんだ。おまえよりも俺のほうが力が上――」

ガツン。そのとたん、後ろからコンクリートブロックが飛んできてタクヤの後頭部に命中した。容赦なく、正確に急所を狙って。

「――テ、テメー」

後ろから棍棒《こんぼう》で思い切り殴られたのと同じだ。タクヤはなすすべもなくくずおれた。朦朧とした視界に直人のブーツが近づいてくる。体が動かない。タクヤは完全に無防備な姿を敵にさらしていた。顔の前でその足が止まる。蹴られる、とタクヤは思った。

「力は大きけりゃいいってもんじゃない」直人の声が聞こえた。

だが、直人はそれ以上攻撃してこようとはしない。おまけにタクヤとちがって力のコントロールが自在だ。そこがまた頭にくる。

「く、くそ……」

もはやうめき声しか出ない。風に乗って冷静な直人の語りが聞こえてくる。

「俺と直也は山奥の施設に隔離された。この力のおかげでな。二〇一四年、俺が十二歳のときだった」

ぼんやりしたタクヤの頭にその言葉が染《し》み込《こ》む。いったいこの男は何歳なのだ。とても三十九歳には見えない。二〇一四年といえば、自分が生まれた年ではないか。

「そこで、十五年を過ごした」

ということは……タクヤは必死に考えた。自分たちの両親が失踪した二〇二六年には、まだ施設にいたことになる。

「ところが、施設から出てきたとき、この世界は二〇四一年になっていた。だけど俺はまだ、二十七歳だ」

ただでさえぐしゃぐしゃのタクヤの頭が混乱を極める。自分と同い歳だ。いったいなぜ、時間がおかしくなっているのか。

「嘘はついてない」直人は真摯な声で言った。「おまえの両親とは、会ったことはない……俺たちも、両親に捨てられたんだ」

タクヤはショックでうめき声も出なかった。自分たちと同じだ。それが本当なら、同じような心の痛みを背負っているはずだ。一瞬、愚かにも敵に同情しそうになる。

「ソーダ水に薬が入っていた」直人の声が遠くなった。

なぜ……？　意識を失う直前、タクヤの中には強い疑問が渦巻いていた。なぜ、そんなことまで同じなんだ……？

14

灰色の霧の向こうに、見たことのある白い花が揺れていた。

ここは——ユウヤは一面のレンゲに似た花の花畑を見回した。遠くのほうは濃い霧に囲まれ、地平線は見えない。ここには来たことがある、あの怖そうなバアさんが出てきた夢だ。

「すてきな場所でしょう？」後ろから声がした。

振り向くと、老女はこの前と同じように赤いソファに座っていた。帽子についた黒いベールが舞いあがり、不敵な笑みが見え隠れする。

「昔から好きな花でね。ここじゃいつでも見頃さ」

「……奥原……晶子？」

「おや、黒木ユウヤ、名前を覚えてくれたのか。みんなからは予言者と呼ばれている」

「予言者……能力者ってことなのか？」

「人よりは、視えるものは多いね」

謙虚なのか自信たっぷりなのかわからない。ユウヤはまだ警戒していた。またこの前のように気味の悪い触手が伸びてくるかもしれない。

「もう大丈夫だよ、君枝がコネクトしてくれたから」奥原はユウヤの考えを読んで答えた。「おかげでしっかりとつながっている。ユウヤ、おまえと話をしたかったんだ」

コネクト――とすると、これは単なる夢ではないのか。ユウヤは奥原に一歩近づいた。本当に予言者ならば、訊きたいことがある。

「教えてくれ。俺たちの両親のことを」

「わたしに聞くまでもないだろ」奥原は微笑んだ。

「え……?」

「その力は本物。だから、おまえが視た通り。霧原兄弟が関わっているのは真実だ」

あのヴィジョンはやはり事実なのか。ユウヤは拳を握りしめた。タクヤによると、直人は両親の失踪に関わっていないと断言したそうだ。つまりあいつは嘘をついていたのだ。

「……礼を言わないとね。おまえとつながることで、その向こうに霧原直也を感じることができたんだから」

「直也――」

ネットワークをリーディングしたとき、瞬時に霧原兄弟が視えた。特に直也のことは、はっきりと感じる。ふたりの間は強いラインでつながっているようだ。

「そう、そして兄の直人、おまえとタクヤ。対をなす二組の兄弟を感じることで、ようやくこの危機的状況の起因を把握することができた」

「危機的状況……？」

いったい奥原はなんのことを言っているのか。

「いいかい、ユウヤ」彼女は鋭い目をぎゅっと細めた。「この世界は今、消滅しようとしているんだよ」

ザザァ――ふいに一陣の風が吹き、花々が動揺したようにざわめく。幾万もの花が首を振り、ちぎれた花びらが白い波を描いて舞った。

「どういうことだ？」

「ユウヤ、まず考えてごらん、わたしたちの尊い世界のことを。優劣という概念は人を競わせる。競争は人を成長させ、成長は人類を進化へと導く。ときとして競争は、差別や偏見、そして闘争を生む」

ユウヤは自分のことを振り返る。もの心ついてから常に競争の中にいた。保安隊の中で他人と比べられながら、それを当たり前として育った。戦いのエキスパートに成長した今、そうしたことを疑問に思ったことはない。

「人は愛こそすべてだと言いながら憎しみ合い、平和が大切だと言いながら戦いを好む。幸せを欲しながら、悲しみに触れたいと思う。でもね、それも人間が進化していくためには必要なことなんだよ。この矛盾に満ちた世界こそが、人間の世界そのものなんだ。地球そのものなんだよ」

美しい花畑を風が荒らし、奥原の激しい感情とともにざわめきが大きくなる。ここは彼女と連動しているのだ。

「だから、お金も、物欲も、戦いもこの世界には必要だ。しかしだ——」急に奥原の顔に怒りが満ちた。「それが失われてしまう、もうひとつの未来があった。真理を否定し、『すべてが平等である』などと平準化した精神だけの世界を望んだ愚か者たちが、世界をふたつに割《さ》いてしまったんだ。おまえとタクヤのいるこの世界と、欺瞞に満ちた精神世界とに」

世界がふたつに？　ユウヤは愕然《がくぜん》とした。そんなとんでもない話は聞いたことがない。

「〝ゴッドウィル〟——ああ、なんてくだらない名前をつけられたものか」奥原はおぞましそうに身を震わせた。「あれは、次元移動だよ」

「次元移動……？」

「——二〇二三年七月二十五日。世界に起きたのは戦争や天変地異などではない。変革だ。精神世界への依存を望んだ者たちが、この世界から消えていったんだ」

「消えた……？」

信じられない。消えたとはどういう意味か。みんな死んでしまったのではなかったのか。だが、三分の二の人類が死んだにしては墓地も少ない。遺体が見つからない行方不明者が多いとか、さらには一族みんなが死んだためと聞かされていた。今の今までそれを信じていた。

「誰しもが、生まれる場所を選んでこの世に生を受ける。こちらの世界にいる人々は、あるべくして今、ここに存在しているのさ。だからわたしは、こちら側に残された者たちが、二度と精神世界へ依存しない社会を形成するために、予言を残した」

奥原は愛おしむように花畑を見渡した。

「ここは、わたしの中間世界だ。死と生の間に形成されている。ここから現実世界の理《ことわり》を維持するためのメッセージを送っているんだ」

ユウヤは慄然《りつぜん》として奥原を見つめた。こんなとんでもないことを語る女性に今まで会ったことはない。存在そのものにパワーがあり、圧を感じる。頭の中で、今までの出来事がするするとつながっていった。保安本部の確固たる現実主義、厳しい法律、本田の予言めいた言葉……背中にぞくりと寒気が走る。自分は今、ずっと隠されてきた最高機密を前にしているのだ。

この老女が起点だ。保安本部の深部に潜み、今の社会概念を構築し、動かしているのはこの女だ。

「しかし、その世界が今、消滅しようとしている」

ビュウゥ……激しい風がユウヤを取り巻いた。

「消滅……?」

戦慄《せんりつ》とともにさっき視たヴィジョンが蘇った。ボロボロに崩れていく地球。思い出すだけで胸が苦しくなる。あれは、奥原のヴィジョンだったのか。

「ユウヤ、よく聞け。今、まさにふたつの世界の均衡が崩れてしまった。直人と直也は、この世界を破壊しようとする者たちが送り込んだ、もともと精神世界の住人だ。彼らがおまえたち兄弟と同時に存在することで、パラドクスが起きる」

パラドクス――矛盾？　なぜ、そんなものが起きるのか。やはりあの霧原兄弟とはなにか因果《いんが》があるのか。

「それは、この世界の崩壊を意味する。すべての現実が、人間も、地球も、チリになって消えてしまう。それがわたしの視た未来さ」

恐ろしい予言が汚水のようにユウヤに染み込んでいった。

人類滅亡。自分が生きているこの世界が消滅し、築きあげられた文明は終焉《しゅうえん》する。家族も、友だちも、みんなみんな死に絶えて宇宙の藻屑《もくず》になってしまうのか。地球ごと消滅してしまうのか。体の芯《しん》から震えが湧きあがってくる。

「そんな……それは避けられないのか、どうにかして――」

「道はある」奥原は言った。

ユウヤは彼女を見つめた。それが視えなくて、なんのための予知能力だろう。未来を変えるためにその力はあるのだ。この老女はしっかりと解決まで見据えている。

「直人と直也は不確定要素だ」

「不確定要素？」ユウヤには初耳だ。

「ああ、予想もつかない動きをする存在だ。力が大きすぎて未来をかき乱してしまう。だが――」奥原はユウヤを指さした。「おまえたちは同等の力がある」

奥原の指先があがった。触手ではなく青い光が放たれ、ユウヤを貫《つらぬ》く。ドクン、と心臓が高鳴った。

あのふたりはやはり敵だ――ユウヤは確信した。両親を拉致したことがその証拠だ。

「不確定要素である直人と直也をこの世界から消すこと。それが、この世界を守る唯一の方法だ。さもないと、この世界は崩壊する。なくなってしまうのだよ」

奥原のシワ深い顔が歪む。悲しみと苦悩。老女は心の底から憂《うれ》いている。その眉がひそめられ、額の第三の目から光が放射された。

青い光がユウヤの横を通りすぎ、花畑の向こうの霧に吸い込まれていく。その奥でふたつの影がうごめいた。

「絶対に、絶対にそれを防ぐんだ」奥原の命令が響いた。「あの兄弟をこの世界から消しなさい」

15

唯といっしょにビルの裏口から脱出した直也は、ノートを抱きしめて屋上を見あげた。兄さんは大丈夫だろうか。

俺が敵を引きつけている間にできるだけ遠くへ逃げろ——直人はそう言ってふたりを地上に追いやった。保安隊のヘリコプターが繁華街に墜落したのは、その直後だ。

炎上したヘリから風に乗って黒煙が運ばれ、B級繁華街に嫌な臭いのする煙幕を張っている。唯は咳《せ》き込《こ》みながら手で口を覆った。その足はほぼ治っている。逃げるなら今のうちだ。

「こっちだ、急ごう」直也は彼女の手を引っ張った。

墜落現場に急いでいる野次馬たちと反対方向に歩き出す。つないだ手から、彼女の心のダメージが伝わってきた。崩壊していく地球、闇にのまれていく街、なにもできずに消えていく人々——こんなヴィジョンに耐えられる者はいない。もしも明日、地球が終わるとしても、なにも知らないでいたほうがずっと幸せだ。

そのとき、直也は前方から迫ってくる圧力を感じた。危険信号。唯もぴくりとして目をあげる。ふたりは目を合わせ、無言のまま路地を曲がって停車中の配達トラックの陰《かげ》に隠れた。荷台のホロが開いている。急いでよじのぼり、積み上げられた段ボール箱の陰に身を潜める。

ホロの隙間《すきま》から、煙をかきわけて二名の保安隊員が走ってくるのが見えた。さっき兄が路地で倒したあの隊員たち、唯を殺そうとした男と女だ。怯えた唯がぎゅっと体を縮める。ふたりは直也たちが隠れているのに気づかずに通り過ぎていく。

よかった——直也がほっとした瞬間、女の隊員がなにかを感じたように立ち止まった。犯人の臭いを嗅《か》ぎつけた警察犬のように。

「おい、行くぞ玲佳」男の隊員が声をかけた。「早く本部長を救助しないと——」

「見つけた」

玲佳はくるりと身をひるがえすと、いきなりトラックに近づいてきてホロをめくった。銃で乱暴に段ボール箱をなぎ払う。隠れていた唯がヒッと声をあげた。

「ど、どうして——」

「獲物の恐怖って、ビリビリくるんだね」

直也は楽しそうに目をぎらつかせている玲佳を間近に見た。以前と雰囲気が変わっている。兄の話ではテレビ局でへっぽこ衝撃波を放ってきたらしいが、能力がどんどん覚醒しているようだ。

「すげーな、警察犬玲佳かよ」

男の隊員が獲物を見つけたハンターのように楽しそうに銃をかまえた。この男も覚醒したようだが、まだ武器を使うのが大好きみたいだ。

「いやあっ」唯が悲鳴をあげる。

「終わりにしようぜ」男の唇に残忍な笑みが浮かんだ。「おまえの兄貴も今ごろ駆除済みだ」

「そんな──」

直也はぎゅっと翔子のノートを抱きしめた。なにもできない。男の指が引き金にかかる光景がスローモーションになる。

次の瞬間、空気が揺れた。男が横向きに吹っ飛び、撃ち損《そこ》ねた銃弾がトラックに穴を開ける。なにごとかと振り向こうとした玲佳は、相手の顔を見る前に吹っ飛ばされて地面に転がった。

路地の薄暗い街灯の下に背の高い人影が動く。怒りの形相の直人だ。

「兄さん──」

無事だった。唯の安堵《あんど》の泣き声が響く。直也はトラックから飛び降り、倒れている保安隊員たちを飛び越えて兄に駆け寄っていこうとした。

そのとき、ふいに風景がぐにゃりと歪んだ。兄との間に青い光源が現れたかと思うと、まばゆい閃光が炸裂する。それはまるで牙《きば》を剝《む》いた生き物のようにふたりに襲いかかった。

16

路上に落ちたノートがカサカサと音を立ててめくれている。ここにいるよ、拾ってよ、というように。トラックから降りた唯は呆然とそれを拾いあげた。わたしにはロンゴロンゴなんて読めないのに。

いきなり、目の前で兄弟が消えてしまった。失神していた悪魔の保安隊員ふたりまでいっしょに。いったいなにが起こったのか。

うらぶれた路地にゴミ屑《くず》が舞いあがる。その向こうから、ひとりの中年男がよろよろとやってくるのが見えた。焼けてボロボロの保安隊の戦闘スーツ。頭から地面にポタポタと滴る血。握りしめた銃にすがるように歩いている。その姿は、墓場から蘇ったゾンビのようだ。男は唯を見たとたん、獲物を見つけたように突進してきた。

ヤバい——唯は逃げようとした。

「止まれっ」

ドン——男はビルの壁に手をついて唯を追い詰めた。充血した目にみなぎる殺意。男の銃口が彼女の腹を突く。

「どこに行った？　直人と直也はどこだ」

「わ、わからない」唯は震えながら答えた。「消えた。なにかが光って、そのあとに――」

男は血で染まった赤い歯を悔しそうに食いしばった。

「くうぅ、またかっ」

ビルの向こうにはまだ、墜落したヘリコプターからあがるまがまがしい黒煙が見えている。唯は恐ろしい血まみれの男の顔を見つめた。焦げ臭い。おそらくあの事故の生き残りだ。どうしてこんな最低のやつが死んでくれないのか。

『本田本部長、本田本部長、応答願います』

そのとき、男の腕時計型携帯端末が声をあげた。

「本田だ。タクヤはどうした」

『よかった、無事だったんですね。タクヤとは連絡が取れません。マイクは？』

「今ごろ真っ黒焦げだ。操縦士も即死だ」

『曽根崎、武藤玲佳とも通信不能です』

そいつらも消えたのよ、と唯は心の中で毒づいた。永遠に消えてしまえばいいのに。

「直人と直也は行方不明だ。かろうじて秋山唯だけ捕獲した」

『了解、すぐに応援を向かわせます。その地区にはレジスタンスが潜伏してますから、充分に警戒してください』

「ふん、出てきたらまとめて退治してやるさ」

本田は通信を切ると、ぎろりと唯を睨んだ。悪いことはすべておまえのせいだというように。その銃が心臓の方へあがっていく。応援を待つまでもなくさっさと駆除するつもりだ。

「どうしてわたしを殺そうとするの?」唯は泣き叫んだ。「わたし、なにも悪いことしてない」

もう自分を助けてくれる人はいない。こんなときに、いやこんなときだからこそ今までの人生を思い出す。父親は鍼灸師《しんきゅうし》、母親はヨガのインストラクターで、長野県の避暑地に住んでいたが〝ゴッドウィル〟で死んでしまった。ふたりが亡くなったとき、唯は三歳。その後は親戚《しんせき》の家を転々として成長した。予知夢が始まったのは、小学生のころだ。最初は無邪気に仲のいい友だちにしゃべっていた。中学生のときには夢でなくても未来のことがわかるようになり、よく当たるとみんなから重宝がられた。だが、政府の規制はどんどん厳しさを増していき、学校から呼び出しをくらって、嘘で友だちをだますのは犯罪だと教師に叱責《しっせき》された。そのとき、その先生が交通事故に遭うのが視えた。夜道でのひき逃げだ。

唯は正直に話さずにはいられなかった。教師は激怒した。停学になった唯は、三日後、先生がひき逃げで死んだと知らされた。なにも役に立たなかったばかりか、呪《のろ》い殺した魔女だと噂《うわさ》がたった。いたたまれなくなった唯は家出をして東京へ逃げ、それ以来、大都会でひとりたくましく生きている。

それなのに、保安本部にマークされてしまった。それを知っていたにもかかわらず、つい仏心を出してアリサを助けてしまった。せっかくあの兄弟に会って命を助けられたのに、無意味だったのか。

「おまえは敵だ、秋山唯。国家反逆者だ」

「なんにも逆らってないじゃないっ」

「今はな。だが、いずれそうなる」

「あなたたちはなんでも勝手に決めつけて、好きなようにこの世界を動かそうとしてる。物質社会を存続させるために、あらゆる戦いもわざと続けてる。やめようと思ったらやめられるのに」

本田は青臭い意見を聞いたようにせせら笑った。

「世の中には、戦場で生きていたい人間もいるんだ。戦争兵器や、戦争映画が大好きなやつらもいっぱいいる。平和が正義なんていうのは、短絡的な思考だ」

「……物質文明にも未来なんてない。この世界は消滅するから」

「なんだと」

「さっき、世界の終わりが視えた。全部が破壊されて、暗闇になる」

一瞬、本田の顔が歪んだ。

「適当なことを」銃口を唯の額にぐっと突きつける。「予言者はただひとり、奥原晶子だけだ。あの方だけがこの世界を正しい方向に導く」

「その人も視えた。みんな消えてしまう世界が正しいっていうわけ？」

「それはおまえの妄想だ」

唯の目からどうしようもなく涙があふれる。なにを言っても通じない。だからこいつは保安本部本部長なのだ。

「わたしには予知能力はないが、おまえの未来は見えるよ」

「どんな未来？」

本田は引き金に指をかけた。

「おまえの未来は……ない」

死ぬ——唯は目をつむる。こんな醜《みにく》い男の顔を見て死にたくない。もっと美しいもの、この世界に生まれてきてよかったと思うものを思い出したい。

ふいに直也の横顔が視えた。一心に自分の足を治してくれている直也。次に、自分の姿が視えた。

どこか知らない部屋でなにかを読んでいる。ロンゴロンゴのノートだ。それは今、彼女の腕にしっかりと抱えられている。

「それは、ちがう」唯は目を開けた。「わたしには、わたしの未来が視える。わたしは、明日も生きているはず」

目の隅に人影が見えた。本田の後ろから忍び寄ってくるふたりの男。本田はまったくそれに気づかず、鼻で笑いながら引き金を引いた。

パン――銃声とともにガラスの割れる音が響く。本田の頭の上でなにかが弾けた。その動きが一時停止ボタンを押したように止まる。三秒後、崩れ落ちたのは唯ではなく、本田のほうだった。

保安隊の制服を着た体がどすんと地面に転がる。唯は恐々と顔をあげた。割れたガラス瓶《びん》と角材を持った無精髭《ぶしょうひげ》の男たちが立っている。黒っぽい服、革の手袋……唯は息をのんだ。こいつらは窃盗団か。

「大丈夫か」角材を持った男が手を下ろした。

「俺たちは味方だ」ガラス瓶を投げ捨てた男が転がっている銃を拾う。「保安隊に抵抗している勢力さ」

レジスタンスだ――唯は安堵のあまり腰を抜かして泣き出した。ああ、やっぱりわたしは明日も生きている。

17

「ごらん」奥原は目を細めてユウヤの背後を指さした。

ユウヤは灰色の霧の奥から浮かびあがる新しい風景を見た。渦巻いた砂が点描画のようになだらかな曲線をさらさらと形成していく。

砂漠だ。見渡す限り、コンピューターグラフィックスで作ったような均一な砂山が起伏を作っている。どうやら奥原のもうひとつの中間世界らしい。まるで彼女の二面性を現すかのような、みずみずしい花畑と乾いた砂漠。ふたつの世界には高低差があり、砂漠は灰色の霧の上に浮かんでいる。ユウヤはそこに浮かびあがるふたつの人影を見た。

霧原直人と霧原直也だ。ふたりとも呆然とあたりを見回している。やがて離れたところにいるユウヤと奥原を認め、目を見張った。

「ここはどこだ」直人の声が響く。

「中間世界……あの人の中間世界だ」直也が集中するように目を細めた。「奥原、晶子」

直人が本能的に敵と察知し、鋭い視線を奥原に向ける。

「直人、直也、ようやく会えた」奥原がおごそかな声で呼びかけた。「ああ、直也とは会っていたね。優秀なユウヤのおかげでつながったから」

奥原はネットワークに侵入したユウヤが直也とつながったとき、霧原兄弟のいる位置を察知した。そして、自分の世界へ連れてきたのだ。いや、その目的からすると、拉致したと言ったほうが正確か。

「さっきぼくたちを視てた、強力な予知能力者だよ」直也は兄を見た。「そして御厨さんが言っていた、精神エネルギーを否定し、物質世界を崇拝する社会を作った人だ」

「おまえがこの醜い世界を作った元凶か」直人が言った。

「なにを言う、わたしはこの世界を守ってきたんだ」奥原は苦笑する。「おまえたちこそ時代を狂わせてはならない」

「時代を、狂わせる?」直人が眉をあげた。「狂わせているのはおまえたちだ」

直也もうなずき、悲しそうな目でユウヤを見る。

だまされるものか。ユウヤは兄弟を睨みつけた。奥原の言葉ではっきりした。こいつらは両親を連れ去った張本人だ。

「この世界はあるがままに存在している、それだけさ」奥原は言った。

「あるものをないと否定してるのにか? 苦しむ人たちを犠牲にしているのにか?」

「すべての人間が、今の世界を望んで生まれてきた。幸せな人間も、不幸な人間も、全員が今の状態を体験したくてこの世にきたんだ」

「制限されたり苦しむことを、望んでいるというのか?」

「ああ、そうだよ。人は苦しみすら望んでいる」

「そんなバカな」

「ネガティブな感情や出来事も、この世界を動かすには必要なものなんだ」

直人は奥原を睨みつけた。だが、彼女は超然とその視線を跳ね返す。

「それなのに、この世界を歪めようとする強い力が作用した。強くて、愚かな力が。こうなった元凶は、岬だ」

「ちがう、ちがいます」

直也が声をあげて前に進み出た。砂漠にその澄んだ声が響く。

「岬さんは取り残された人を救おうとしている。あなたが——あなたがこの世界の変化を拒《こば》んでいるんです」

「直也」奥原は余裕の微笑みを向けた。「ものごとの形は、見る場所によってとらえ方がちがう。おまえたちは世界が進むべき正しいタイムラインを狂わしてしまうのだ。未来にとっての、不確定要素だ」

「ちがう」直也は首を横に振った。「未来にとってじゃない。あなたにとっての不確定要素なんだ」

「直也——まだ気づいていないのか。おまえたちは、パラドクスの中にいる」

「パラドクス?」

兄弟は顔を見合わせた。なんのことかわからないようだ。

「おまえたちは、今、この時代に、タクヤとユウヤのいる世界に存在してはならない。それはパラドクスだ。おまえたちと黒木兄弟は相互に干渉を及ぼしている。ユウヤと直也がつながっていることがなによりの証拠さ」

直人と直也はユウヤを見た。あらためて見ると、タクヤとユウヤとは外見も性格もまるでちがう。しかし、兄弟の歳の差も同じで、過去の体験もそっくりだ。そのふたつの兄弟にパラドクスが生じるとは、いったいどんな関係性があるというのか。

「岬はこの世界を歪めようとして、恐ろしい企《たくら》てを企んだ。あやつの不確かな未来予知はおまえたちを苦しめ、あげくの果てにこの世界まで消滅させようとしているんだ」

消滅——直也が苦しげな表情になる。それは、さっきつながったときに視えた、地球がボロボロに崩れて宇宙に溶けていったヴィジョンのことだ。

「ああ、おまえたちも視ただろう。残念だが、それは必ずくる現実なのさ。パラドクスのあとにあるのは、この世の終わりだけ。崩壊と闇だけだ。それは、なんとしても止めなくてはならない」

パラドクスと地球の崩壊がどう関係あるのか？　いったいどういうことなのか？　奥原はそれ以上説明せず、軍をひきいる女王のようにさっと手を振りあげた。

中間世界の重力が変わったように空気に圧がかかる。砂漠の砂が噴きあがり、ふたつの砂柱が現れた。それはみるみるうちに人間の形を成していく。

曽根崎道夫と、武藤玲佳だ。玲佳は離れたところにいるユウヤを見て目を見張った。

「ユウヤ――ここ、どこ？」

「いったいどうなってんだ。おおっ、おまえら――」

曽根崎はそばに立っている霧原兄弟を見るなり、反射的に身がまえた。

「曽根崎道夫、武藤玲佳、ようこそわたしの世界へ。おまえたちは選ばれし者。わたしが集めた特別な存在だ」

「あなたが、集めた……？」玲佳が言った。「あなた誰？」

「奥原晶子、予知能力者だ」ユウヤは説明した。「俺たち保安本部は彼女の指示で動いてきた」

曽根崎と玲佳はあっけにとられて奥原を見つめた。保安本部の底流には奥原の予言が流れていた。おそらく曽根崎が児童養護施設で、玲佳が留置場でスカウトされたことも、そしてユウヤとタクヤが保安隊に引き取られたことも、すべてその予言により指示されていたのだ。

「聞け」奥原は言った。「このままでは、霧原兄弟が招いたパラドクスが原因で世界は消滅する」

「は？」曽根崎がボケた声を出した。「消滅？」

玲佳が信じられないようにユウヤを見る。ユウヤは肯定するようにうなずいた。

「この世界は消滅する」ユウヤは言った。「そして、その原因が——」

「そう、霧原直人と直也」

奥原は枯れた指で立ちすくんでいる兄弟を指さした。

「おまえたちの使命は、その諸悪の根源をこの世界から消去することだ」

「おう、最初からそのつもりだっ」

曽根崎は弾かれたように飛びあがり、兄弟に対峙《たいじ》した。戦いへの興奮で目の色が変わる。

「要するにあいつらを駆除すればいいんでしょ」玲佳も頬を紅潮させて身がまえた。「ここはわたしにまかせて」

「おまえたちも能力者だろう」直人はすばやく直也を後ろにかばった。「それなのになぜ、能力者を狩らなければならない」

「うっせえ直人、弱いものが消えていけばいいんだよっ」

ユウヤは不安だった。やる気満々だが、曽根崎と玲佳は過去に直人にあっさりやられている。いったいタクヤはどこにいるのか。

「だったら——」直人は身がまえた。「消えるのはおまえたちだ」

「ちがうね、直人」奥原が首を横に振る。「ここはわたしの作った戦場だよ。ここではわたしのエネルギーが主流だ。おまえの力は弱まり、外からのエネルギーはブロックされる。助けを呼んでも無駄だ。残念だが、ここでおまえたちに勝ち目はない」

直也がはっとたじろいで奥原を見る。老女の指から青い光が放たれ、曽根崎と玲佳の体がそれによってエネルギーがチャージされたように光り始めた。

「ハハン、そういうこと」玲佳が薄笑いを浮かべた。「つまりここじゃ、わたしたちのほうが強いってことね」

※

直人の目の前で敵の三人のエネルギーが融合し、するすると砂漠に広がっていった。足元の砂が消え、闘技場のような丸い地面が現れる。戦い好きの曽根崎と玲佳の想念が作り出したフィールドだ。直人と直也はその上で、残酷な笑みを浮かべたふたりと対峙していた。

「直也を消すのはあとでいい」奥原の声が響いた。「残酷なものがすべて悪ではない。それをようく見ておくがよい」

曽根崎と玲佳が目を合わせる。その両手は満タンに充電されたように青いオーラを放っていた。ふたりが右腕を振り払うと、手のひらからにょっきりと剣が生える。

アラビアの盗賊が使うような幅広で湾曲している剣。二本の剣がギラリと光った。

「兄さんっ」直也が声をあげた。

「直也、下がってろ」

保安隊のふたりの力が増幅し、地面にひび割れが発生する。それはピシピシと兄弟の足元を狙って伸びてきた。

「わああっ」

直也の足元の地面が崩れる。地割れが口を開いてその中に落ちそうになった弟の手を、直人はとっさにつかんだ。だが、自分の足元もどんどん崩れていく。たちまち地割れはふたりの体を呑《の》み込んだ。

危ない。直人は落下しながら、とっさに力を放った。ふたりの体が中空で止まる。ぶらんとぶら下がった直也の足の下は、地獄じみた深い灰色の霧だ。

「手を離して」直也が言った。

「なんだと?」

「ぼくがいると兄さんが不利だ。戦うしかない」

「だけど、おまえは――」

「ぼくは大丈夫だよ。ここは想念の世界だ」

直人は躊躇した。だが、弟の眼差しは真剣だ。無理矢理自分から手を離して兄を振り切った。

「直也っ」

みるみるうちに弟の姿は灰色の霧の中に落下し、見えなくなる。直人は体を切り裂かれるような痛みを感じた。見あげると、曽根崎と玲佳が薄笑いを浮かべてこちらを見下ろし、まさにこの身を切り裂かんとして剣をかまえている。

「お別れは済んだかな」

直人は激しい怒りで弾かれるように浮上した。ふたりの頭上を飛び越し、反対側に着地する。

直也を助けるには、勝つしかない。

「おっと」曽根崎がニヤニヤしながら前に出てくる。

シャキン。その手から剣が放たれ、波動に乗って一直線に飛んでくる。直人はサッと手を払ってシールドを作った。すかさず玲佳も高速でスピンする剣を放つ。

「ぐっ」

直人は二本の剣を次々とシールドで受けた。重い。ふたりの力は信じられないほど強くなっている。受けるのがせいいっぱいだ。その間にも曽根崎はもう一本の剣を手から出して放っている。

「そらよっ」

直人は腕を振って、必死にその剣を弾き返した。だが、玲佳も次々と剣を放ってくる。エネルギーが低下し、玲佳の三本目の剣がシールドを突き破った。

「ぐはっ」

飛び散る血。見下ろすと、腹にぐっさりと剣が刺さっていた。玲佳がうれしそうにそれを見ながら、新たな剣を手のひらに出す。

「わたしたちのほうが強い。わたしたちが勝つっ」

彼女は興奮状態になって叫びながら、すさまじいスピードで襲いかかってきた。

ブン。直人の首を狙って剣が振り下ろされる。間一髪、よけた。切られた髪が舞い散る。玲佳はチッと舌打ちして横に回り込む。直人はすかさず衝撃波を放とうとした。

ズバッ——肩に剣を振り下ろされる。直人の力は出なかった。奥原に封じ込められたのだ。切られた肩から赤い霧のように鮮血が舞う。さらに二度、三度、玲佳は舞うように剣をふるった。かなわなかった強敵に勝つことを確信し、勝利に酔いしれている。

「そらあぁっ」

曽根崎が衝撃波を思い切り放った。突きあげるようなアッパーカット。直人は吹っ飛ばされ、メガネが地面に転がる。曽根崎はそれを拾いあげ、手の中でくしゃりと握りつぶした。

「さあて、おしまいにするか」

倒れた直人の両手首に、ブスッ、ブスッと剣が刺さる。なにもできない。痛みで意識が霞《かす》む。地面に釘付《くぎづ》けにされた体が地鳴りのような音とともに傾いた。

フィールドが丸く削り取られ、ゆっくりと垂直に立ちあがっていく。ポタポタと垂れ落ちる自分の血。浮きあがっていく円形の岩盤に、直人は罪人のごとく磔《はりつけ》にされていた。

「ここは中間世界だ。肉体を完全に傷つけることはできない」奥原の声が聞こえた。「だから、精神を破壊するんだ」

※

直也は灰色の霧の中を落ちていきながら、ユウヤの声を聞いた。

あいつらと俺たちはなんの因果《いんが》があるんだ――。

ユウヤと自分はつながっている。双子の兄弟が離れていても心の声が聞こえるように。

直也は彼の意識に引き寄せられ、転がり落ちた。

目の前を真紅のチョウがひらひら飛んでいく。ここは奥原の花畑フィールドだ。直也は全身の激しい痛みに丸く体を縮めた。落ちた痛みではなく、切り裂かれるような激痛だ。

やっとのことで顔をあげると、ユウヤが驚いた顔で自分を見下ろしていた。

「直也――」

その後ろには奥原晶子が悠然とソファに座り、スポーツ観戦でも楽しむように闘技場フィールドを眺《なが》めている。そちらに視線を向けた直也は震えあがった。

血まみれの兄が十字架にかけられたように磔になっている。切り裂かれた腹や肩、剣に貫かれた両手首。筋になって流れ落ちる血。自分が今、感じているのは、兄の痛みだ。

「言っただろう」奥原がおもむろに言った。「ここはわたしの庭、結果は見えていた」

「にい……さん……」

かすかな声しか出ない。遠くのほうで、消えかけたエコーのように弱々しい兄の声が聞こえた。

な……お……や……。

直也は絶望とともに悟った。兄の意識は消えかけている。もう戦うことはできない。

「ウワッ」

そのとき、直也は新たな痛みに襲われて体をのけぞらせた。曽根崎が息も絶え絶えの兄の脇腹《わきばら》をさらに切りつけたのだ。玲佳とともに自由自在に飛び回り、手にした攻撃力に熱狂している。敵を痛めつけることに悦《よろこ》びを覚えている。このふたりは正真正銘のサディストだ。

「どうして、こんな——」

ユウヤは眉をひそめて、地面に転がった自分を見ている。その顔に喜びはない。もやもやした影が彼の胸に発生していた。

「おまえのためだ」奥原が言った。

「俺の、ため？」ユウヤが驚いて振り向く。

「タクヤとおまえがこの世界に残るためだ。パラドクスが起きて、世界の終わりが始まる前に。それが、正義だ」

ドスッ——また体に衝撃が走る。直也は声にならない悲鳴をあげた。兄はいたぶられ続けている。ここで死ぬのか。死ぬことができるのか。いや、夢の中で死んでも目覚めれば傷ひとつない。中間世界でも同じだ。しかし、その中間世界の中で精神を破壊されてしまったら、二度と現実で目覚めることはないだろう。そして、完全に意識が消滅したあかつきには、幻のように宇宙のチリとなって消えてしまう。

「直人の力は直也の存在に支えられていた。それも、もう終わりだが。そしてタクヤの力はユウヤ、おまえとつながっている。そのことをよく覚えておきなさい」

直也はまぶたを絞るように目をつぶった。兄の意識はもうキャッチできない。死ぬこともできない。この果てしない拷問はいつまで続くのか。

「正義とは、ときとして残酷なものだ」

奥原の声に感情はなかった。世界の崩壊を防ぐための、たったふたりの犠牲。しかも勝手にこちらの世界に移行してきて崩壊の原因を作った邪魔者だと、彼女はそう信じている。

「兄貴は——」ユウヤの動揺した声が聞こえた。「タクヤはどこだ」

「あわてるな」奥原は答えた。「ちゃんと待機させているさ」

18

頭に洞穴が開いちまったのか。タクヤはうめき声をあげながら意識を取り戻した。後頭部が死ぬほど痛い。頭に手をやった彼は、ミカンほどの大きさもあるでかいタンコブを探り当てた。

チクショウ、思い出した、あいつだ。あの卑怯な直人のやつに昏倒《こんとう》させられたんだ。

痛みの中からじわじわと記憶が蘇ってくる。このコブと引き換えにして悟った事実が。霧原直人は両親の失踪についてなにも知らない。ユウヤの視たヴィジョンが本物だとしても、彼らにはその記憶がまったくないのだ。

目を開けると、黒バラ模様の壁紙が目に入った。あのB級繁華街のビルの屋上ではない。いったいここはどこだ。痛みをこらえて首を回すと、貴族の館《やかた》のようなゴージャスな部屋が見えた。やたらに高い天井にシャンデリア、赤いベルベットのカーテン。楕円形《だえんけい》のアンティークな鏡台には、ゴテゴテと飾りのついた赤いソファに横たわった自分が映っている。壁には額に入ったたくさんの写真が飾られていた。セーラー服を着た目つきの鋭い美少女。日本のかつての首相や大臣、世界的科学者と握手している美女。竣工《しゅんこう》式をしているビルの写真には、〈アークコーポレーション〉とある。起きあがってよく見ようとしたタクヤは、頭の近くにひとりの女が座っているのに気づいた。

「……君枝……？」

熱を出した子供を見守るような母性的な眼差し。そっと手を伸ばしてきて、タクヤの頭に触れる。やっぱりこれは夢だ。あいつがこんな優しいはずはない。そう思った瞬間、指の感触が変わる。その手は魔法が解けたように干からびた老女の手になった。

「タクヤ、ようこそわたしの部屋へ」

見知らぬ老女だ。黒いベール越しのシワ深い目。部屋の中なのに帽子をかぶり、アンティークな黒いドレスを着ている。どうやら壁の写真の女らしい。なぜ、こんな老女と君枝を見まちがえたのだろう。

「めったにここには人は呼ばないけれどね。ここはわたしの中間世界のひとつ、人生の記念に残してあるんだ」

「中間世界……？」

この女は頭のイカれたセレブか？　その声が聞こえたように老女の目つきが変わり、射すくめるかのような鋭い眼差しになる。タクヤはようやく気づいた。おそらくユウヤが視たというバアさん、奥原晶子だ。

「おまえとは、ふたりきりで話がしたかった。残酷なシーンを前にして、情にもろいおまえが惑わされる前にね」

なんのことだ。ここはこの女の私室なのか。タクヤは老女の肩越しに、パソコンが載っているデスクを見た。その前には真っ赤な革のチェアが玉座のように置かれている。

「ああ、あそこはわたしの仕事場だよ。本当の意味でのね。表向きはアークコーポレーションというIT関連企業の社長だった。だが、本当に富と権力をもたらしていたのは、予言だ」

「予言……」

「わたしはこの世界の未来を予知することで、野望を抱く数々の優秀な人間を成功に導いてきた」奥原はガイドのように手で壁の写真を示した。「社会のトップに立った彼らはわたしの意見を取り入れ、喜んでわたしの会社に投資し、いろいろな便宜をはかってくれた」

現代社会に通用する最強の予言者というわけか。どうりで人間離れした迫力があるはずだ。

「それで、裕福になったのか」

「予言が莫大《ばくだい》な富をもたらした……というより、予言に富がついてきたと言ったほうがいいだろうね。だが、そんなことは目的ではない。わたしはただ、この世界に必要なことをしただけだ。権力者を正しい方向に導き、人間にとって理想の社会を維持することに全力を傾けてきた。そして、大きなシェルターを作ったんだ」

「シェルター？　核戦争でも予知したのか？」

「もっと忌まわしいもの――次元移動だ。おまえたちが〝ゴッドウィル〟などと呼んでいる、あの二〇二三年の出来事だ」

次元移動？　タクヤは頭をもう一度殴られたようにくらりとした。とても信じられない。だが、目の前の老女は奇人にはちがいないが、妄想老人には見えなかった。

「消えた人間どもは、新しい偽善的な地球に移行していった。だが、おまえはそのシェルターに入ってそれをまぬがれたのだ。両親と弟といっしょにね」

「な……」タクヤは絶句した。

なにひとつ覚えていない。そもそも〝ゴッドウィル〟の前後の出来事は記憶から抜け落ちている。

「シェルターは外の波動を受けない特殊構造になっていた。そこにわたしがリストアップした者たち、国を運営するのに必要な百人が収容されたんだ。この世界から消えてしまわないように」

「トップクラスの人間を守ろうとしたのか」

タクヤの言葉に、奥原はさもおもしろそうに微笑んだ。

「いやいや、欲望に正直な者たちはこの世界の正しい住人だ。わざわざそんなことをする必要はないさ。消えてしまったのは、精神世界に依存したバカどもだよ。そんなやつらは勝手にどこへでも行けばいい。しかし、そのボーダーラインにある者たちがいた。わたしがリストアップしたのは、消えてしまう可能性があった人間たちだ」

「だったらなぜ、俺たち家族がそこに?」

記憶にある限り、両親は特に宗教的でもスピリチュアルでもない、普通の知識人だった。本当にレジスタンスとつながりがあったのかどうかも、いまだに確信が持てていない。

「タクヤ、それはおまえと弟のためだ」

「俺たちのため?」

「おまえたちの両親は外務省に勤めていながら、すでに自由主義的な傾向を示していたのだ。だが、おまえたちはどうしてもこの世界に残らなければならなかった。この国を守るために必要な存在だからだ」

まるでイカれた教祖の言葉だ。こんな大それたことを言われてもとても信じられない。

「それじゃあ、あなたもそのシェルターにいたのか」

「いや、わたしはその八年前、百歳のときに心臓発作で心肺停止状態になり、生命維持装置につながれた」

「予言者のくせに、自分の発作を予知できなかったもんかね」

「自分のことはわからないものさ」奥原は笑った。「だが、そのときまでにすでにたくさんの予言を残し、社員に託していた。社員は極秘事項として適切な国の機関にそれを配布したんだ。国家保安部はもちろんのこと。今、わたしの肉体は保安本部タワーの一室で眠っている」

やはり本田本部長はタヌキだ——タクヤは歯ぎしりした。どれだけ自分たちへの隠しごとを溜《た》め込《こ》んでいるのか。そこでB級繁華街で起きたヘリコプターの墜落を思い出す。もうカチカチ山のタヌキになっているかもしれない。

「よく聞け、タクヤ」奥原はぐっと顔を近づけてきた。「わたしの目を見ろ」

ベール越しの魔女のような瞳《ひとみ》。顔はしわくちゃでも目玉は歳《とし》をとっていない。タクヤは目をそらさなかった。

「おまえは直人と直也を消さなくてはならない」奥原は低い声で言った。

どうやら保安隊における殺傷命令とはレベルがちがう話のようだ。

「——なぜ」

「それが、正義だからだ。さもなくば、この世界は消滅する」

とんでもないことを言い出した。だが、予言者の言葉はずしりと重みをともなってタクヤの胸に響いてくる。

「あの兄弟は、わたしが苦労して築きあげてきたこの世界を破壊する存在。おまえたちとパラドクスを起こしてしまうんだ。これが真実かどうかは、おまえの心がちゃんと判断できるはずだ」

ヒュルルル……急に風の音が響く。吹きあがる奥原のベール。露出した瞳の奥にちかりと青い光が走る。頭をしめつけていた痛みが吸い取られたように消えた。同時に、タクヤの中でなにかのスイッチが入った……ような気がしたが、気のせいかもしれない。

「ユウヤを守れ」奥原は真剣な声で命じた。「ユウヤはおまえよりも揺れやすい。その原因となるのは、直也だ。世界の終わりを招きたくなければ、直人と直也を消せ」

風の音がいっそう大きくなる。タクヤは窓もドアも閉まっている部屋を見回した。シャンデリアの下から灰色の霧が発生し、たちまち部屋全体を包み込んでいく。

「タクヤ、おまえが正義のためにトドメを刺すのだ……」

19

念ずるように閉じていた奥原の目が、ふっと開いた。ユウヤは赤いソファに座った老女の赤い唇がニヤリと笑うのを見た。枯れ枝の指がゆっくりとあがり、地面に倒れた直也の向こうに広がっている灰色の霧を指さす。

霧の中でなにかがうごめいた。横たわっている男のシルエットが浮かびあがってくる。

「あ、兄貴」ユウヤは駆け寄った。

「ユウヤ……無事だったのか」

奥原はついにこの世界にタクヤを召喚した。その目的は明らかだ。起きあがったタクヤは呆然としてあたりを見回した。その目がここで起きていることを把握していく。闘技場フィールドで瀕死の直人を嬉々《きき》としていたぶっている曽根崎と玲佳、花畑に転がっている虫の息の直也。タクヤは最後に奥原に目をとめ、確認するように見つめた。

「タクヤ」奥原の冷静な指令が飛ぶ。「真実を見極めろ。おまえがなすべき正義を行うのだ」

地面に倒れ伏している直也の背中がかすかに震える。タクヤの気配に気づいたのか、薄く目を開く。その弱々しい視線がユウヤと合った。死にかけた生き物の両目から涙があふれる。それは、恨みの涙でも、怯えの涙でも、命乞《いのちご》いの涙でもなかった。

悲しみの涙だ。深い悲哀、それだけがしんしんとユウヤに伝わってくる。ユウヤの胸の奥から苦悩と不可解さがせりあがってきた。

本当にこれが正義なのか。

今まで直人と直也は駆除されるべき存在だった。しかも、自分たちの両親の失踪に関わっている。だが、こんなふうに兄弟がなぶられ、消されることには苦痛を感じないではいられない。

「たぶん、あいつらは俺たちの両親のことをなにも知らない」タクヤが言った。「だけど、あいつらと俺たちの間にはなにか因果がある。あいつらも親にソーダ水に薬を入れられて、両親に捨てられたんだ」

「なんだって」

自分たちと同じだ。ふたつの兄弟には自分たちには理解のできないつながりがある。だからこそ強い反応を起こし、世界の滅亡を引き起こすのか。

「兄貴――俺は地球が崩壊していくヴィジョンを視たんだ」

タクヤの顔色が変わった。ユウヤの肩をつかみ、怖い顔で問う。

「本当か、本当に視えたんだな？」

「ああ、恐ろしい光景だったよ。地球がボロボロに崩れて闇に消えていくんだ」

タクヤは呆然と奥原を、そしていたぶられている直人を見た。曽根崎が直人の顔をつかみ、爪《つめ》で引き裂いている。

「あいつらと俺たちはパラドクスってやつを起こしているのか？」タクヤは言った。「それが世界の滅亡の原因なのか？」

「……俺にはわからない。兄貴、いったいなにが正義なんだろう」

玲佳は生き生きした顔で礫になった直人の前に浮き、強烈な衝撃波を浴びせている。暴力行為に正義というお墨付きをもらったふたりには、もはや一片の良心の呵責《かしゃく》もない。

なぜなら霧原兄弟がこの世界の消滅をもたらす存在だからだ。

「奥原の言う通りかもしれない」タクヤは苦しげに言った。「もうこれは個人の問題じゃない」

「兄貴――」

「おまえに視えた、地球が消滅するっていうヴィジョンが真実なら――あいつらを消すしかない」

その目が息も絶え絶えで転がっている直也を見下ろす。ユウヤは兄の顔に決意がみなぎるのを見た。

兄貴は苦しみを長引かせはしない。おそらく一撃で済むだろう。

※

直也はタクヤの視線を感じた。自分の内側の光が小さく小さくしぼみ、意識の窓が閉じていく。

もうなにも見えない。兄の声も聞こえない。かすかな存在すら感じられない。目の前にはただ虚無の暗闇だけが広がっている。

終わりだ。あとはもうこの闇に呑み込まれるしかない。最期のとき、せめて兄のそばにいたかった。

兄さん、兄さん、兄さん――。

※

タクヤは直也の頰をつたう涙から目をそらした。歯を食いしばり、右手を振りあげて力を放とうとする。もはや、これは慈悲の行為だ。

「――兄貴」ユウヤが迷子のようにその腕に手を伸ばしてくる。

この弟には迷いが生じている。だが、やらなければ消えるのは自分たちなのだ。やるしかない。タクヤは弟の手を振り切ろうとした。

そのとき、突然、ユウヤの手が薄く霞んだ。ノイズ――まるで映像が乱れたように。

「ユウヤッ」タクヤは驚いて弟の手をつかんだ。

目の錯覚かと思うほどの一瞬の出来事。すぐにユウヤの手は元通りになる。だが、タクヤは自分が轢《ひ》き殺《ころ》されそうになったようなショックを受けていた。

なぜ、こんな現象が起きたのか。

ユウヤもおののいて自分の手を見ている。これはパラドクスとやらの影響なのか。そして、急になにかを感じたように花畑の向こうを振り向いた。

「……なんだ？」奥原もハチに針を刺されたようにぴくりと震える。

タクヤは花畑の向こうに広がっている、不吉な雲のような灰色の霧を見た。その片隅《かたすみ》にさっと影が走る。奥原とユウヤが同時にそちらを見る。だが、もうそこには誰もいない。

と、目の隅でまた影が走った。タクヤはさっとそちらを振り向いた。しかし、また消えている。今度はもっと近くの花々が揺れた。すばやい。またしても姿はとらえられない。

瞬間移動だ。小さな影が身を隠しながら、一点から一点へと移動して近づいてくる。

「誰だ」奥原は目を細めた。

急にこの世界に異変が起き始めた。花畑にするすると濃い霧が広がり、嵐の前のように渦巻き始める。闘技場フィールドが地震のようにガタガタ揺れ、空に黒雲が立ち込めた。

曽根崎と玲佳が虐待の手を止めて不安げに空を見あげる。礫になった直人はもう死んだように動かない。勝利を目の前にしていた奥原は、いきなり自分の中間世界を襲った謎《なぞ》の力に翻弄《ほんろう》されて唖然としている。

と、直也が弱々しく目を開けた。

タクヤは驚いた。これほど痛めつけられたのに、死にかけているというのに、その瞳は紺色の宇宙のように澄んでいる。

奥原のそばで花が揺れた。小さな人影はいつの間にかすぐ近くにきている。霧が風で吹き飛ばされ、その輪郭《りんかく》が徐々にはっきりしていく。

子供だ。知っている子供。

「おまえは――」奥原がおののいた。「なぜ、おまえがここに――ユウヤの意識をつたってきたのか。なんのために……？」

立花正幸は白い花をひとつ、花首からプチンともぎ取り、いたずらっ子のようにニッと笑った。

※

ああ、ああ、なんということだ――。

子供の手から罪人の首のように白い花がこぼれ落ちていく。その瞬間、奥原のヴィジョンが変わった。今まで自分にはまったく視えなかった過去が、そして未来が現れる。

恐怖とともに。

立花正幸のあどけない視線から、この子が今、この瞬間、ここに現れるに至ったすべての背景がなだれ込んできた。

御厨に予言を残す岬老人。
海岸に倒れている双海翔子。
ノートにロンゴロンゴで予言を書いている翔子と立花美紀。
二〇二三年七月二十五日、神社の社殿でひと晩過ごす美紀。
結婚式を挙げている美紀。正幸の出産。
白い子犬、コタロウと遊ぶ正幸。
黒魔術を行う高校生たち。コタロウの死。
踏み込んでくる保安隊。テーザー銃で失神する正幸。
保安本部タワーで暴れ、ユウヤに助けられる正幸。
カプセルの中で眠っている正幸。頭につけられた電極。
そのコードに光が走り、奥原晶子の棺桶型の生命維持装置につながっていく。

ラスボス見っけ――。

強い――奥原は総毛立った。この子はあどけない天使ではない。たくさんの人を死なせた、いわば罪人だ。しかし、同時に信じられないほどの純粋性をいまだ残している。その光と闇を合わせ持った存在の前で、確固たるものであったはずの彼女の世界が、素粒子をかきまわされたようにぐらついている。エネルギーを維持できなくなるのは時間の問題だ。そして、さらにもうひとつ、最大の問題があった。

この子は保安隊を心の底から憎んでいる。

「なんということだ」奥原はうめいた。「翔子、おまえは——このときのために正幸を誕生させたというのか。このときのために、立花美紀を、あの子の母親を次元移動で消えることを防いで、こちらの世界に残し、正幸を保安隊に捕獲させたのか——」

正幸はニコニコして奥原を見つめている。保安本部で眠らされた正幸の意識は、その中心をなす深部に、この奥原の中間世界を探り当てたのだ。憎き相手の司令塔を。そして、ネットワークにつながれていない奥原とユウヤの橋渡しをした。いや、本人が意図せずとも触媒になってしまったのかもしれない。奥原はそれに気づかず、嬉々としてユウヤとタクヤ、霧原兄弟と曽根崎、玲佳を中間世界に呼んだ。それはこの世界を救うための最後の一手になるはずだった。勝利の瞬間を目の前で見ることを望んだのだ。

だが、それはすべて罠《わな》だったのか。

裏をかかれた、あのいまいましい岬に。これは、正幸が生まれる前からの壮大な計画だ。正幸は霧原兄弟を助けるために岬が隠し持っていたジョーカーだったのだ。

「タクヤ」奥原は震える指で正幸を指した。「正幸を、排除しなさい」

この中間世界で霧原兄弟が消滅し、パラドクスが解消できたら、現実世界は今まで通り保《たも》たれるはずだった。だが、子供がお砂場でせっかく作った砂山を蹴散らすように、正幸は奥原の世界を無邪気に壊そうとしている。この子は強い。感情が爆発したらおしまいだ。

正幸の顔からすっと笑みが消えた。

「さあ、早く。わたしたちの世界を守るためだ」

タクヤは子供を見下ろして躊躇している。もどかしい。そのとき、別の方向から勇ましいガラガラ声が響いた。

「俺がやってやるよっ」

今や自信満々の曽根崎だ。万能のバトル能力を手に入れ、彼の前には血のついた剣が浮いている。そろそろ直人にトドメを刺し、残酷なお遊びをおしまいにしようとしていたところだ。

「ホッ」曽根崎は闘技場から花畑に向かって剣を放った。

剣は超高速でミサイルのようにまっすぐに正幸に向かっていく。この速さなら避けられない。そう思った瞬間、正幸の表情が鬼のようになった。

小さな顔の前にさっと黒煙が立ち込める。まるでブラックホールのような漆黒の闇。剣はそこに呑み込まれ、あっという間に消えた。

「わたしが――」

すかさず玲佳が進み出て、第二弾を放つ。鋭い剣を一本、続けてもう一本。子供の頭と胴体を狙い撃ちだ。

「アアアァァ」子供の甲高《かんだか》い怒りの声が響いた。

奥原は衝撃波を受けてソファにしがみついた。声そのものが破壊の波動だ。世界全体が恐れをなしてブルブルと揺れる。正幸の周りから爆発するように黒雲が発生し、二本の剣を呑み込んだ。

なにもかもを消滅させる闇。奥原はその威力におののいた。正幸は憎しみを全開にし、その恐るべき闇を闘技場フィールドに放った。

強力なエネルギー体だ。それは黒い龍のように生きてうねりくねっている。

「うわあっ」黒煙に体を巻かれた曽根崎が声をあげた。

「なんなのこれっ」玲佳もあわてて黒煙を振り払おうとする。

正幸の黒煙の勢いは止まらない。今までの憎悪をすべてその小さな体から吐き出すように。奥原の花畑もたちまち黒い煙を吹きつけられて枯れていく。

「わ、わたしを侵食する気かっ」奥原は叫んだ。

みるみるうちに自分のエネルギーが落ちていくのが感じられる。黒煙に力を吸い取られ、作り出した世界を維持できない。空間がひび割れ、あちこちに隙間ができた。そこから光がするりと侵入してくる。待ってましたとばかりに。それは一直線に直人に向かっていった。

直人を磔にしていた剣が次々と消えた。血まみれの彼の体がずるりと落ちたかと思うと、下に叩きつけられる前にフェードアウトする。その姿は完全に見えなくなった。

逃げられたか。

見れば、いつの間にか直也も消えている。なんのためにここまでやってきたのか。正幸はまだ黒煙をまき散らし続けながら徐々に浮きあがっていく。黒煙と必死に戦う曽根崎たちを見下ろしてうれしそうに微笑んだ。

「なに笑ってんだ」曽根崎は力を放とうと手を振りあげた。「このクソガキ、なめんじゃねえっ」

なにも起こらない。曽根崎の手からはひと吹きのそよ風も出なかった。手下たちの力ももう終わりだ。

「嘘っ」玲佳が悲鳴をあげた。

彼女の手が粒子となって消え始めている。みるみるうちに手首が、肘《ひじ》が、肩が黒煙に蝕《むしば》まれていった。唖然と玲佳を見ていた曽根崎の体も、黒煙に食われたように足から消え始める。曽根崎の絶叫が響いた。

「あーあ、こんな終わりかぁ」

涙ぐんだ玲佳の目がユウヤを振り向く。その体はもはや手足がない。下半身はチリになりつつあった。

「玲佳……っ」ユウヤが叫ぶ。

タクヤも仲間の消滅を前にして立ちすくんでいる。もはやなにもできることはない。奥原はわなわなと震えながら消えていく玲佳と曽根崎を凝視していた。

なんたる屈辱。なんたる敗北。

「う、嘘だろ、なんでだよ」曽根崎は涙目でタクヤを見た。「俺ら、強くなったのに――タクヤァッ」

吠《ほ》えると同時に一気に粒子化が進む。曽根崎は玲佳よりも先に消えた。

「ユウヤ、タク兄……あとは……まかせたよ……」

玲佳の唇がその言葉を最後に消えていく。涙でいっぱいの切ない目がユウヤを見つめながら宙に溶けていった。

処刑は終わった。今や正幸はこの世界の勝者だ。少年は空いっぱいに広がり、にっこり笑って奥原を見下ろした。

ぼくの勝ち。

黒煙が歓喜するように世界の隅々《すみずみ》まで広がり、大波となって迫ってくる。そびえたつ黒い壁を前にして、タクヤとユウヤはなすすべもなく立ちすくんだ。

奥原は逃げなかった。

すべての予知が無駄になり、彼女が丹精込めて作りあげてきたこの美しい中間世界は終わる。予言者は自分に視えなかった未来に挑むようにまっすぐに背を伸ばし、目をしっかりと開けたまま真っ黒い煙に呑み込まれていった。

岬よ……これが、おまえの正義なのか。

20

黒から金色、そして緑色の世界へ。柔らかい草がクッションのように傷ついた体を受け止める。直人は森の手に抱かれるようにして地面に転がった。意識が少しずつ蘇り、耳に鳥のさえずりが届く。目を開ける前から、そこがどこかわかっていた。

研究所の森だ。

体中が痛い。うめきながら目を開くと、すぐ隣に直也が丸まって倒れていた。自分と同じようにズタズタの体。目も顔も腫れあがっている。奥原の世界に封じ込められ、磔にされて手も足も出なくなり、弟の意識が届かなくなったときの恐怖が蘇った。

「直也――」

血まみれの手を伸ばし、弟の腫れあがった頬に触れる。温かい。生きている。曽根崎たちに剣を突き立てられた生々しい傷から、真っ赤な血が弟の肌に滴り落ちた。

「兄さん……」直也の目が開いた。

血液がすうっと消えていく。まるで時間を巻き戻したように。弟の顔の腫れも引き、自分の手の傷もみるみるうちにふさがっていった。

ここはふたりの場所だ。自分たちを癒《いや》し、守り、力を与えてくれる。立ちあがったふたりは、森の拍手のようなざわめきに包まれた。全身の傷はもうどこにもなく、ピンピンしている。裂けた服も修復され、曽根崎に潰《つぶ》されたはずのメガネも元に戻っていた。直人は内側から新たな力がみなぎってくるのを感じた。

「また、御厨と翔子に助けられたのか」

頬がばら色になった直也がうなずき、あたりを見回した。

「それには正幸が必要だったんだ。あのいびつで狂った世界を壊すために。正幸もどこかにいるはずだよ」

キャン。そのとき、子犬の鳴き声がした。

見れば、森の小道にぽつんと白い小さな犬が立っている。ふわふわの毛、黒いボタンのような目、短い足。どこかで見たことがある子犬だ。

「コタロウッ」

森の奥から叫び声がして、ひとりの子供が走り出てきた。正幸だ。子供と子犬は転がるように互いに駆け寄っていった。

「コタロウ、ごめんよ、ごめんよ――」

正幸は子犬に抱きついて泣きじゃくった。兄弟は感慨深く正幸を見つめた。泣きベソをかいているその顔は、とても奥原の中間世界を潰した超人には見えない。この少年がいなかったら自分たちは消滅していたのだ。

「あの子犬は、生まれる前からわかっていたんだ」直也が言った。「死んでもまた正幸に会えるって」

正幸の力が目覚めるには、愛ゆえの怒りが必要だったということか。直人は華園《はなぞの》高校の事件を思い出した。その怒りを生じさせるためには事件が必要で、子犬を殺す高校生、大路《おおじ》まり花《か》も必要だったということになる。魂にはそれぞれのプロセスがあり、たとえ悪に見えることさえ役割があるのかもしれない。直人はあの自殺させられた高校生たちにも救いがあることを祈らずにいられなかった。

「正幸っ」

そのとき、女の叫び声が森に響いた。小道の向こうから駆けてくるのは、正幸の母親、立花美紀だ。

「お母さん」正幸は立ちあがった。「お母さーんっ」

広げられた母の腕の中に子犬を抱いた正幸が飛び込んでいく。ふたりと一匹はしっかりと抱き合った。

「……もう大丈夫」美紀は熱い涙を流して我が子を抱きしめた。「もう大丈夫よ」

魂と魂の結びつきほど美しいものはこの世にない。親子の無条件の愛を見ながら、直人は自分たちの両親のことを思い出さずにはいられなかった。いつかこんな再会ができる日がくるのだろうか。

森から生まれた温かい風が祝福するように親子を取り巻く。ふたりと一匹の姿はだんだん薄くなり、やがて光に溶けるように消えていった。

「もうこの世界での役目が終わったんだ」直也がつぶやいた。

ふたりともその行き先がわかっている。新しい地球――正幸と母親はふさわしい場所へ旅立っていったのだ。できることなら今すぐ自分たちもそこへ行きたい。だが、兄弟にはなにも起こらず、寂しくぽつんと森に取り残されている。

まだ、そのときではないからか。やり残していることがあるからなのか。

ふたりは黙ってとぼとぼと小道をたどり、超能力研究所に向かった。研究所の広い庭を横切っていくと、御厨はいつもの食えない顔で、玄関ポーチに座ってタバコをふかして待っていた。

「直人、直也、おかえり」

御厨は学校から帰ってきた子供を迎える親のように階段を下りてきた。

「御厨、俺たちを助けたのか」

「ああ、ここは、おまえたちの場所だ。おまえたちの力を充電する源だ」

その通りだ。直人は奥原の中間世界で使えなかった能力が完全に復活しているのを感じ、そのことに安堵している自分に腹がたった。認めたくはないが、自分の存在はこの能力に支えられている。

「だが、ここももう……おしまいだ」御厨はフーッと煙を吹き出した。「これから、おまえたちを向かうべき場所に送り届ける……これが、わたしの最後の役目になるだろう」

最後？　直人は感情をこらえたその横顔を見つめた。この中間世界では少しも歳をとっていないように見える。だが、ロシアにいるという御厨はいったいどんな状態なのだろう。

「直人、直也、おまえたちの力は正しい方向性を持っている。おまえたちの前に現れる道を進めば、おのずとなすべきことにたどり着くはずだ。それがたとえぬかるみの道でも」

御厨の姿が陽炎のように揺らぎ始める。直人の胸の奥が勝手にちくりと痛んだ。どうでもいいと思っていた数々の思い出が、パラパラとアルバムをめくるように胸に押し寄せてくる。子供だった自分たち。自分の立ち位置など見えなかった。普通の人間になりたいと、こんな力さえなければと願っていたが、今はそれをなくさずに済んだことに感謝している。

「御厨さん――」直也が声をあげた。「また会えるでしょ?」

くわえタバコのシルエットが薄くなっていく。御厨はまぶしそうに目を細め、ふたりを見つめながら消えていった。すっかり満足した表情で、その姿を心に刻み込むように。

それと同時に、研究所の建物が大きく身震いした。赤い屋根が、板張りの壁が、両開きの窓が色あせ、薄くなっていく。まるで主人に同行する従者のように、この古い洋館も旅立っていくのだ。望まぬままに自分たちが育った場所、ここから出ることだけをただひたすら望んでいたはずの家。あれよあれよという間にそれが消えていくのを、ふたりは呆然と見守った。

家にまで置いていかれた。

「兄さん」直也が庭の方に目をやった。「あれは――」

いつの間にかブナの樹《き》の下に人影が立っている。それを見たとたん直人の体に反射的に力が入った。正幸は保安隊を憎んでいた。だが、彼らのことを恨んではいなかったのだ。

※

「ここは……どこだ」ユウヤの戸惑いの声が森に響く。

直也は樹の下にいる黒木兄弟を見つけ、息をのんだ。タクヤは固い表情で直人を睨んでいる。チリになってしまった曽根崎と玲佳の復讐《ふくしゅう》をするつもりなのか。自分たちにトドメを刺すつもりなのか。四人は距離をとったままで、しばらく膠着《こうちゃく》状態で見つめ合った。

なぜ、保安隊のふたりまでこの森に運ばれたのか。

ここは自分たちにエネルギーを与える場所。御厨は戦いの続きを予期し、有利な場に連れてきたのだ。ここでなら直人が勝てると知っていたからだ。

「ここは、俺たちが育った中間世界の超能力研究所だ」直人が答えた。「言っただろう、両親に捨てられたと」

ユウヤは考え込むようにじっと自分を見つめている。直也が生きていることにほっとしている感じが伝わってきた。もはやユウヤにとって、霧原兄弟は単なる駆除の相手ではなくなっているのだ。

だが、タクヤはまだ敵意を持っている。直人と直也も両親に捨てられたと知ったことで同情を覚えてはいるが、弟ほどではない。奥原の予言をかたくなに信じているのだ。

言わなければ、と直也は思った。

追う者と追われる者。その段差がほんの少しでも小さくなった今、歩み寄れる余地はある。直也はユウヤに向かって一歩足を踏み出した。もう少し近づくために。

と、ユウヤも同時に前に出た。

ふたりの気持ちが重なり合い、互いの勇気が背中を押す。ふたりは鏡で映したように、同じ速度で、ゆっくりと距離を縮めていった。その後方でふたりの兄たちは硬直して立ちすくんでいる。

「直也」背後に不安そうな兄の声が聞こえた。

だが、兄たちはどちらも力を放とうとはしない。やろうと思えばいつでも戦える。弟を守るためなら。直也とユウヤの距離はだんだん縮まっていく。森の空気が緊張でピンと張り詰めた。

ついに手が届くほどのところでふたりの弟は立ち止まった。互いの目をひたすらに見つめ合う。

「戦う必要なんてない」直也は言った。

森中にその声が伝わり、木々たちがざわめく。ユウヤの目のふちが赤くなってくる。彼の脳にこびりついている奥原の声が直也に聞こえた。

彼らがおまえたち兄弟と同時に存在することで、パラドクスが起きる。

直人と直也をこの世界から消すこと。それが、この世界を守る唯一の方法だ。

さもないと、この世界は崩壊する——。

奥原の強い信念。歪んだ世界観で社会を支配し、地球を救うと言いながら、好戦的な自分を肯定している。そんな人間の予知など信じられない。

「奥原はまちがっている」直也は言った。

もしパラドクスが起きるとしたら、それは、ふたつの兄弟に強いつながりがあることの裏返しだ。これだけシンクロが多いことを考えると、もしかしたら黒木兄弟は並行世界の自分たちなのか。いや、それにしてはまったく似ていない。

「戦う意味なんて、なにもないよ」

ユウヤは奥原とはちがう。保安隊の戦士でありながら、奥原の残酷な仕打ちに嫌悪を覚えていた。ユウヤならこちらの本意を感じとり、きっとわかってくれるはずだ。

ぼくたちは和解できる。

直也は右手を差し出した。同時に、ユウヤも右手を差し出してくる。他の誰もわからなくても、深いところでふたりは通じ合っている。もう殺す必要も、殺される必要もない。共存は選択できる。和解こそがすべての解決なのだ。

ふたりの兄はそれぞれの後方で息をのんで弟たちを見守っている。なにかあったらいつでも攻撃ができる体勢で。弟たちの行動に不安を抱きながらも、弟たちを信じようとしている。

直也とユウヤの指先が近づき、触れ合った。

その瞬間、青白い閃光が走った。電気ショックのような強い衝撃。直也の脳が痺れ、目がくらんでなにも見えなくなる。

「ユウヤッ」タクヤの叫びが聞こえた。

直也の視界が徐々に戻り、おぞましいものが見えてくる。足元の草の上に目を閉じて倒れているユウヤ。いったいなにが起きたのか。直也の驚きの目が、憤怒《ふんぬ》の表情のタクヤをとらえる。その手が攻撃の構えになり、力を放とうとした。直也に向かって。

ちがう、ちがう、ぼくはなにもしていない。こんなことになるなんて――。

「やめろーっ」後ろから兄が叫んだ。

タクヤと兄は同時に力を放った。ふたりの兄たちの真ん中で直也は凍りつく。タクヤが直也を吹っ飛ばすより早く、直人がシールドで跳ね返した。

ふたつの強いエネルギーが激突し、炸裂した。森が地面ごと大きく揺らぐ。そして、轟《ごう》音《おん》とともに中間世界はぐるんと反転した。

21

なにもかも失ってしまった女は、それでも毅然《きぜん》とおもてをあげていた。

築きあげた世界、崇高なる計画、地球の破滅の阻止。すべてが正幸が放った無邪気な力の前に消えた。今は無機質なグレー一色の世界を見つめている。広がりもなく、風も吹かず、流れる時間もなく、動くものも、これからなにか生まれる気配もない空間。

罪人のように永遠にここに閉じ込められてしまうのか。

いったいわたしがなにをしたというのか。ただ、人間として正しい世界を守ろうとしただけではないか。それが、罪なのか。

と、均一な世界にちかりと光がまたたいた。

なにかの気配。信じられない、なにもない空間を誰かがこちらに向かって歩いてくる。

「まさか――」

少女――双海翔子だ。翔子はゆっくりと近づいてくると、奥原の前で足を止めた。グレーの世界にすっくと立っているツインテールの女子高生。異様な光景だ。

霧原兄弟を救助したのは、この天使じみた少女にちがいない。いかにもかわいらしい大きな目で奥原を見つめてくる。奥原はむかむかした。なによりも気色悪いのは、自分を善人だと思っている傲慢《ごうまん》な人間だ。その淡いピンクの唇がゆっくりと動く。

「なぜ、それほどまでに、生に執着する」男の声がした。

あの男だ――奥原にはすぐにわかった。コンタクトするのはいつ以来だろう。

「……久しいねえ、岬」

もの心ついたときにはもう予知能力があった奥原は、意識のフィールド内でさまざまな他の能力者の存在を感知していた。その中でもずば抜けて強い男がひとりいて、ときどき姿が視えた。岬、としか名前はわからない。ふたりはこの世界に別々の大きな流れを作っていた。彼女が都心に〈アークコーポレーション〉を創立したとき、岬は御厨とともに山奥に超能力研究所を建てた。

「この子の意識に乗っけてもらってるんだよ。奥原晶子、おまえと話すために」

「おまえと話すことなどない」

いつも奥原と反対の方向に世界を向けようとした、聖人ヅラのいけ好かない男。自分はブッダかなにかのつもりか。『変革が訪れる』などというロクでもない予言のおかげで、スピリチュアルな人間があおられてこの世から消えてしまった。あまつさえそれを人類の進化だとのたまっている。自分に言わせれば、退化だ。しかも、救済と称して霧原兄弟をこちらの世界に送りこみ、パラドクスで地球を脅かしている。極めつけはあの頭にくる立花正幸だ。

「そう怒るな、奥原晶子」

「まんまとやってくれたね。正幸に根こそぎ持っていかれたよ。わたしともあろうものが、なぜ、おまえのずる賢い企みが見抜けなかったんだろう」

「それはおまえが自分の理想の未来に執着したからだよ。宇宙はもっと広く、限りがない。それに壁を立て、人々から真実を隠そうとするとは、浅はかな人間のコントロールだ。不遜《ふそん》なエゴは死角を作る」

「このわたしに説教をする気か。目的のために人を傀儡《かいらい》とするようなおまえとわたしのなにがちがう。現にパラドクスが起こり、あの兄弟たちは殺しあう運命だ。これもおまえが視た未来か？」

翔子の姿をした岬はなだめるように微笑んだ。

「おまえには、この宇宙でいちばん大切な要素が欠けている。おまえが認めようとしない、もっとも強い力が。愛とは、あらゆるものをつなげる接着剤だ。すべての創造物を完《かん》璧《ぺき》な調和の中でいっしょに働かせる波動だよ。宇宙の本質に逆らって、それなくして存続する世界を作ろうとは、無謀なお人だ」

くだらない。奥原はそっぽを向いた。愛と調和。そんな安っぽい話なら大昔からどこにでも転がっている。

「地球はたくさんの叡智《えいち》に支えられてきたんだよ。人間がどんな愚かなことをしても、たとえ宇宙の理《ことわり》を理解できなくても」

「岬、おまえも相変わらずのようだね。未来永劫《えいごう》、わたしたちは平行線のまま……まあ、これだけはお互い予知せずともわかるさ」

「奥原晶子、そこだ。わたしたちはひとつ、コインの表裏なのだよ。おまえはいつ、それを受け入れられるようになるのだろうね」

岬と自分がひとつ？　自分だけは悟ったような語りに吐き気がする。それだけはあり得ない。

「……もう終わらせるときだ。この世に執着する必要はもうないんだよ」

「執着ではない、使命だ。わたしがいなければこの世界は保てない」

「それが執着だというんだよ。おまえがその執着を捨てたとき、限界を超えられる。今、おまえの意識に響いているのは、残響だ。おまえがこだわった概念の余韻なんだ」

「なにを言っているんだ」

「おまえはすでに、現世に転生している」

え、と奥原は驚いた。そんなはずはない。わたしの肉体は保安本部に保存され、わたしの意識はここにあるではないか。

「カルマの多い魂は、ときに分かれてふたつの容れ物《いれもの》に宿ることがある。今のおまえは、いわば奥原晶子の残留思念を絞り出すだけの存在だ」

どういうことだ。わたしのほかにわたしの魂を受け継いだ者がいるというのか。本当だとしたら、なぜ、それがわたしにはわからない……？

「予言者とは、皮肉なものだ」翔子の姿をした岬はゆっくりとうなずいた。「自分のことはわからない」

その頭頂から後光のように虹色《にじいろ》の光がにじみ出てくる。灰色の世界の中、それは奥原の目に鮮烈に映った。

まぶしい。光のプリズムが目に突き刺さる。それは信号のように彼女の意識に作用した。座っていたソファがぐらりと揺れる。いや、揺れているのは自分の体だ。足も手も震えながら細かいチリになっていく。

「さようなら……奥原晶子……」翔子の姿はゆっくりとフェードアウトしていった。もう用が済んだとでもいうように。いや、自分ではあの世に送ってやったと思っていることだろう。最後の最後まで胸くそ悪い男だ。

わたしは終わる。

怖くも苦しくもない。奥原はチリになりつつある体を感じた。誰かの柔らかい手が触れてくる。翔子や神ではない、生きている人間の手。残された世界に生きる女の手だ。

そうだ、自分がこの世に放った流れは必ずや続いていく。霧原兄弟の排除という正義に向かって。岬がなんと言おうと、自分には今もその未来がはっきりと視えている。

そのとき、ふいにひとつの情報が飛び込んできた。大海に沈んでいた宝の地図。彼女は意識の網でそれをすくい取った。

場所だ――今まで視えなかった、重要な地点。伝えなくては――。

この世とのアクセスが切れる直前、奥原晶子は最後の力を振り絞り、残された世界に向かってラストメッセージを放った。

22

数々の理解不能な出来事の連続に、小林君枝は焦りを感じていた。

予言者の指示には逆らえない。柿谷教授といっしょにユウヤをピラミッドルームに運び、棺桶型カプセル内の奥原晶子とコネクトしたのは二時間ほど前のことだ。そのとたん、かつてないほど奥原の脳が息を吹き返したように活発に動き出し、柿谷は発信されてくる膨大なデータを見て腰を抜かしそうになった。

いったいなにが起きているのか。オペレーターの吉本に解析を急がせようと連絡をとっているうちに、なんとユウヤが忽然《こつぜん》と消えてしまった。

今、彼が寝ていたベッドには、頭につけていた脳波計の電極とコードが転がっている。

そして、さらに異常な出来事は続いた。厳重警戒下にあった正幸がカプセルから消えたという連絡が入ったのだ。外に出たのではない。監視カメラには、すっと目を開ける正幸と、その姿が幽霊のように消えていく瞬間がはっきりと写っていた。

みんな奥原晶子の世界にいる——君枝はそう感じていた。

このピラミッドルームにいると受信の感度が抜群によくなる。行方不明のタクヤ、曽根崎、玲佳もおそらくいっしょにいるはずだ。

どうしてわたしは連れていかれないのか。

まるで仲間はずれのようだ。君枝には偉大な予言者に対する興味があった。いや、この老女にはどこか惹《ひ》かれるものがある。できることなら奥原の頭の中の世界を視てみたい。もしかしたら発狂してしまうかもしれないが。彼女は問うように、カプセルの中で青い光に包まれている奥原晶子をのぞき込んだ。

干からびたミイラのような老女。人間の体は受信体だから、こんな状態になっても生きているだけでこの三次元につなぎとめられ、世界を感知することができる。これはAIにはできないことだ。その彼女のまぶたが、ピクピクと動いていた。まさか目覚めるわけはないだろう。しばらく見ていると、ぴたりとその動きが止まった。

「……急に静かになった」奥原の脳波計を見ていた柿谷が言った。「……おや？」

「どうしたの？」

君枝が振り向いたとたん、ピーッと心電図モニターが声をあげた。

画面のすべての波形がフラットになっている。心肺停止状態だ。

「わわわわわ――」

パニックになった柿谷がコールボタンを押すより早く、白衣の医師が血相を変えて駆け込んできた。ドクター中村はひと目で危機的状況を把握し、無言でカプセルのスイッチを押す。ふたがウィーンとかすかな音をたてて開いた。君枝は初めて彼女の全身を直視した。

　小柄だ。長年の昏睡状態でその体は縮んでしまったのか。蜘蛛《くも》の糸で織られたような薄いガウンの下からたくさんのコードやチューブが出てカプセルと連結されている。ドクターが手早く注射を準備し、折れてしまいそうな細い首に慎重に針を刺した。額に汗が浮いている。

「な、なんとかしてくれ、頼む」柿谷が頭をかきむしる。

「すでに衰弱しきっています」中村の声もうわずっていた。「これ以上の蘇生《そせい》処置はできません」

　モニターの画面は水平線のようにフラットなままだ。中村はすぐに二本目の注射を、今度は心臓に直接打った。画面はなにも変わらない。

　予言者は死ぬ。衝動的に君枝が奥原の干からびた手を握ったのは、そのときだった。恐れ多い存在から哀《あわ》れな存在へと変わっていく、ひとりの女の手を。

　灰色の世界――放送が終わった後のテレビの画面のような世界が視えた。

　奥原、晶子――君枝は呼びかけた。奥原晶子――。

　ピッ。心電計が音を立てた。途切れ途切れに心拍が戻り、脳波が動き出す。柿谷が数字が羅列されたディスプレイに飛びついた。

「メ、メッセージだ」

だが、そこまでだった。モニターの波形はすぐにまた無情なフラット状態になり、ドクターが静かに首を横に振った。

「……終わりです」

柿谷が絶望のため息とともにデスクに突っ伏す。君枝はドクターが日付と時刻を読みあげて死亡宣告する震え声を聞きながら、たった今、世界が目に見えない変化を遂げたことを感じていた。

巨星堕《お》つ。しかし、その死はどこにも報道されないだろう。君枝は抜け殻になった老女の両手をとり、胸の上でそっと組ませてやった。類稀《たぐいまれ》なる能力者として生まれ、はたしてこの人は幸せだったのだろうか。心臓発作で倒れてから二十三年間、彼女の命は引き延ばされただけで、死は平等に訪れたのだ。

そのとき、ふと後ろに気配を感じた。ピラミッドルーム内の気が、強い波動を受けたように乱れる。振り向いた君枝は驚きの声をあげた。

「タクヤ、ユウヤ――」

いつの間にかベッドの上に黒木ユウヤが、そしてその下の床にはタクヤが横たわっていた。

23

パラドクス……魔女の呪文《じゅもん》のようにその言葉がタクヤの脳内をぐるぐる回っている。パラドクスが起きる……直人と直也を――消せ。

長い長い悪夢が奥原の指令で終わり、タクヤはもがきながら目を開けた。とたんに白い花畑が揺れているのが見えて、背筋がぞっと震えあがる。だがよく見ると、それは壁のディスプレイに流れる映像だった。白い天井と白いカーテン、ヒーリング効果のある自然の風景の映像。ここは保安本部タワーの医務室だ。

こんな花畑なんか見ていたらよけいに病気になってしまう。目を背けると、隣のベッドに腕に点滴をした弟が寝ているのが見えた。

無事か。タクヤはやっとのことで体を起こした。頭は二日酔いのようにくらくらするし、ハードな肉体訓練をしまくったように疲れ切っている。中間世界で直人と自分の力がぶつかったおかげで強烈な反応が起きた。あのあと、あっちの兄弟はどうなったのか。あのまま中間世界にとどまってくれたらすべて解決だ。

「――おい、ユウヤ」

弟の目がゆっくり開く。まだ夢を見ているような眼差し。あたりを見回し、思い出したように自分の右手を見る。直也と触れ合った指先。まったく無茶なことをやってくれたものだ。

「あ、兄貴」ユウヤがうろたえた声をあげた。

タクヤは目を見張った。弟の指先が、まるで接触不良を起こした映像であるかのように

ノイズが走っている。みるみるうちにその手は輪郭だけになった。

「ユウヤッ」

あわてたタクヤはベッドから転がり落ちた。這《は》いずってそばに行き、侵食を食い止める

ようにその腕をぐっとつかむ。ユウヤが痛みに声をあげた。同時に再び手が実体化し始め

る。指の爪の先まで元通りになるのを見届け、タクヤはほっとしてベッドに突っ伏した。

弟が消えかけた。これ以上の悪夢はない。あのとき、奥原の世界で起きたのと同じ現象

だ。ここはまぎれもなく現実なのに、なぜこんなことが起きるのか。

超能力研究所の森で、弟と直也が触れ合ったときの異変を思い出す。なにかの科学反応

のように閃光が走った。こんな現象がまた起きた理由は、ひとつしか考えられない。

パラドクス――奥原の言うことは本当だったのだ。現にこうしてユウヤが消えかけてい

る。おそらくこの世界の消滅に先行しているのだ。ということは、あの兄弟もこの世界に

舞い戻っているということになる。

「ユウヤ、信じろ」タクヤは顔をあげ、実感を確かめるように弟の手を握りしめた。「正

義は俺たちだ。迷いは捨ててくれ。俺たちがあいつらを消すしかない。そうしないとおまえが――俺たちが、そしてこの世界が消えちまう」

「ああ……わかってる」ユウヤは青ざめた顔でうなずいた。

「ほんとだな。迷ったら許さねえぞ。俺たちは生き残る。世界の終わりなんてあってたまるか――」

「世界の終わりって、なに？」後ろから声がした。

振り向くと、開いたドアのそばに腕を組んだ君枝が立っていた。いつからそこで聞いていたのか。この女にすべて話していいものかどうか。

と、君枝はツカツカと入ってくると、いきなり寝癖《ねぐせ》のついているユウヤの髪に触れて目を閉じた。

「うわっ、やめろ」ユウヤはもがいた。「俺をリーディングするな――」

「……だいたいわかったわ」君枝は目を開けた。「そういうこと」

「プライバシーの侵害だっ」

「あなたが頭のデスクトップに置いてあることを視ただけよ。悔しかったら、いつでもシールドできるようにすることね」

ユウヤは喧嘩《けんか》に負けた子供のように、本当に悔しそうな顔をした。こいつは顔にもシールドが必要だ。

「それでわかったわ。曽根崎と武藤玲佳はB級繁華街で倒れているのが発見されたの。バイタルサインはかろうじて確認できるけど、脳へのダメージがひどくて植物状態よ」

奥原の世界で破壊された彼らの精神は、もう二度と現実世界で目覚めることはないだろう。ユウヤが肩を落としてため息をつく。タクヤは玲佳があのチリと化す最期のとき、曽根崎でも自分でもなく、弟を切ない目で見たことを思い出した。女心とは永遠の謎だ。

「それから……」君枝が言った。「奥原晶子が死んだ」

「なんだって」

タクヤは驚いて弟と顔を見合わせた。たとえ正幸に中間世界を壊滅させられようと、あんなしぶとい魔女は未来永劫生き続けるような気がしていた。

「中間世界を壊されたのだから、死んでも当然ね」君枝は言った。「体から出る気とかエネルギーや磁気は、生命体の中でいっしょに働いている内臓とか血と同じで、体の延長上の物質のようなもの。体の一部なの。だからオーラがダメージを受けると肉体にも影響がある」

「じゃあ、俺たちの能力も体の一部なのか?」タクヤは訊いた。

「そうよ」

直人との戦いは目に見えない拳の殴り合いのようなものか。タクヤは納得がいった。だから、肉体的に直接攻撃を受けなくても、波動と波動がぶつかっただけでこれだけダメージがあるのだ。

「それで、予言者は死ぬ前に最後のメッセージを残したの。そろそろ解析されるころよ」

君枝は壁のディスプレイにタッチして画面を切り替えた。おぞましい花畑が消え、オペレーションルームで忙しそうに動いているスタッフたちが映る。

『おお、タクヤ、ユウヤ、気がついたか』

本田本部長が画面にフレームインしてきた。

生きてたのか。その頭にも首にも血のにじんだ包帯がぐるぐる巻きになっていて、まるでミイラだ。タクヤが口を開こうとしたところに、柿谷教授が小走りでやってきた。

『本部長、予言者の最後のメッセージを解析しました』

本田の目がアドレナリンを打たれたように大きくなる。タクヤの隣で君枝も身を乗り出した。

『早く言え』

『はい、まず座標が示されていました。こちらです』

オペレーションルームの大画面に地図が表示される。タクヤは思わず目を見張った。

日本ではない、そこは世界一広い面積がある大国だ。その北の果てに赤いアイコンが光っている。

『そして――「すべての根源はロシアにあり。壊滅せよ」と』

ロシア――しかも北極圏だ。地名はヴォルクタ。そんな聞いたこともない最北の僻地《へきち》に
いったいなにがあるのか。またしても保安本部は俺たちになにか重大な隠しごとをしていたのか。

ディスプレイには驚きにギョロ目を剝いた本田の横顔が映っている。それともこのタヌキは驚いたふりをしているのだろうか。

『すぐにブリーフィングを行う。タクヤ、ユウヤ、寝てる暇はないぞ』

いや、今度こそ演技ではなさそうだ。その目がじろりとタクヤたちを向いたとき、そこには一抹の恐怖が見えていた。

第五章

1

波の音が聞こえる。地球の奏でる調和的な揺らぎのメロディ。直也は目をつむったまま日の光を感じて横たわっていた。頰の下に冷たい砂がざらつく。この海辺、同じ場所に、いつか翔子が倒れていたというイメージがよぎる。

ここはどこ？　どこでもいい。このままいつまでも波音にたゆたっていたい。争いなんか忘れて――。

ババババ……重い機械音がつかの間の平和を破った。ヘリコプターのローター回転音。うめき声がすぐそばで聞こえる。薄目を開けると、ぐったりと横たわっている兄が見えた。ずれたメガネのレンズに砂粒がついている。その向こうには鈍《にぶ》く光る海が見えた。ヘリコプターの音が近づいてくる。保安隊がまた自分たちを捕まえに来たのか。

兄さん、と呼びかけたいが、声が出ない。体の電池はエンプティだ。やがてヘリコプターがすぐそばに着陸した。降りてくるふたつの人影。ザクザクと砂を踏んで近づいてきた男物のブーツが直也の顔の前で止まる。今の浜に打ちあげられたイルカ状態の自分たちなら、子供にだって捕まえられるだろう。直也は必死に目をあけて男の顔を見た。

茶色いヒゲを生やした外国人。心配そうに自分を見下ろすブラウンアイ。

保安隊じゃない——男の手が伸びてくるのを感じながら、直也は再び意識を失った。

※

目を覚ました直人は、白い鉄パイプのベッドに寝ているのに気づいた。左腕から点滴のチューブがにょろりと伸びている。首を回すと、隣のベッドに同じように点滴をした直也が寝ているのが見えた。静かな呼吸でベージュの毛布が上下している。少なくとも弟は無事だ。

今度はいったいどこに飛ばされたのか。

直人はまだダメージが残っている体をゆっくりと起こした。ペパーミントグリーンの壁紙、木製のドア。古い建物をリフォームした感じの病室だ。二重サッシの窓に目をやり、思わず目を細めた。俺のメガネはどこだ。見回すと、サイドテーブルの上にきちんと畳まれて置いてある。メガネをかけた直人は、窓の外を見直して我が目を疑った。その向こうには白いものがちらついている。

雪だ。まさか、意識を失っている間に冬になってしまったのか。

手がかりを求めて部屋を見回すと、ベッドの横の壁には五月のカレンダーがピンでとめられていた。そして、その横には一枚の写真が貼ってある。直人はそれを手にとってしげしげと眺めた。

数人が写っている。その中のひとりの顔を確認したとたん、この状況が納得できた。この写真を貼った人は、兄弟が目覚めたときにここがどこかわかるようにしたのだ。

「……兄さん……」

振り向くと、直也が目をしばたたかせながらこめかみに手をやっていた。頭が痛むようだ。ぼんやりとした記憶から、弟がユウヤと触れ合ったときの閃光を思い出した。あれは化学反応のようなものか。直人やタクヤとはちがい、あのときの弟たちふたりはどちらも敵意はなかった。それなのになぜ、あれほどまでの衝撃が発生したのだろう。

パラドクス——嫌な言葉が頭をよぎる。

「直也、頭が痛いのか」

「ちょっと」直也は体を起こしてあたりを見回した。「ここは……どこ?」

「たぶん、ロシアだ」直人は持っていた写真を弟に渡した。

そこに三人の子供たちといっしょに写っているのは、御厨だ。黒人の男の子、中東系の女の子、白人の男の子。その後ろには背の高いふたりの白人、理知的なメガネの中年男とヒゲの若者が立っている。

「見覚えがある」直也がまじまじと見て言った。「研究所の庭で見た子供たちだ。それから、このヒゲの人は海でぼくを拾った人」

海で拾った？　直人はかたわらのパイプイスにかかった自分の黒いコートを見た。たしかに砂粒が光っているが、拾ってもらった記憶はない。

そのとき、部屋のドアがノックされた。返事をする間もなく、ふたりの男がせかせかと部屋に入ってくる。

「キリハラナオト、キリハラナオヤ」

ヒゲの男とメガネの男。まさしく写真に写っている男たちだ。メガネの男は感慨深い面持ちで兄弟を見つめ、大きな身振りでペラペラと話しかけてくる。ちんぷんかんぷんの外国語。ふたりがぽかんとしていると、男は急に我に返り、あわててポケットから耳掛け式イヤホンを出してきた。

「すみません、つい興奮した」

兄弟が手渡されたイヤホンを耳につけると、電子的で中性的な日本語の声が聞こえてくる。

「これは軍が開発した実用的な自動翻訳機だ。なかなか使える。わたしはロシュコフ、ミクリヤとは昔なじみの友人だ」

「ああ」直人はうなずいた。「御厨から聞いたことがある」

「こちらは助手のヴィクトル」ロシュコフはたくましい男を振り向いた。「ロシア軍の研究所から派遣された、軍事訓練も受けている優秀な男だ」

「ここは……どこですか？」直也が尋ねた。

「ロシアのヴォルクタ自治区、軍事利用を目的とする超能力開発センターだ」

ふたりは顔を見合わせた。御厨が兄弟をこの地球に戻すために企んだという壮大な計画。とうとうその源にたどり着いたのだ。

「かつて、この建物は強制労働における軍の管理棟だった」

ロシュコフは窓の外を示した。雪の向こう、中庭をはさんでドームを抱いた立派な赤レンガ造りの建物が見える。

「軍事利用という名目があったからこそ、我々は多額の予算を使ってここを改装し、ミクリヤの計画を進めることができた。ロシア政府のためではない、この世界のために。きみたちの存在は知っていた。その力のことも、そしてきみたちがこの地にくることも」

「岬さんの予言か」直人は言った。

「ああ、しかるべきとき、あるべき場所に現れるようになっているそうだ。空間の歪みがある特別な場所に」

空間の歪み？　直人は確かめるように弟を見た。

「時空のポータルのことだと思う」直也はうなずいた。「地球のあちこちにワープできる出入り口があるんだ」

「わたしにはよくわからない」ロシュコフは首を振った。「わからないことばかりで、もう理解できないことに慣れてしまった。ただ我々はミサキに従って、その予言通りに実行してきた。だからこそきみたちを回収できたわけだ」

「それで……ぼくたちはどれくらい前からここにいるんですか？」

ロシュコフとヴィクトルは一瞬きょとんとし、それからふたりそろって笑い出した。

「たった一日だ」ヴィクトルが言った。「昨日、わたしが海から運んできた。ここでは夏以外はしょっちゅう雪が降る。今は五月だが、外はマイナス五度だ」

ずいぶん遠くて寒い僻地まで運ばれてきたものだ。その目的は自分たちを避難させることだけではないだろう。

「俺たちは中間世界からここにきた」直人は言った。

「そうか、やはり、きみたちはミクリヤの中間世界にいたのか」ロシュコフが身を乗り出した。「それでは、ミクリヤとは会えたのだな？」

真剣に問うロシュコフに、直也は胸を打たれた表情になる。この学者には、本当に中間世界で兄弟と御厨が会えたかどうかは確かめようがなかったのだ。手探り状態で、それでも岬老人の予言を信じて進んできた。どれほどの強い信念が必要だっただろう。

「はい、御厨さんの研究所で十五年間……」直也が答えた。「いろいろ教わりました」

「おお、そうか」ロシュコフは顔を輝かせ、うんうんと何度もうなずいた。「そうか、よかった。ミクリヤとともに長い間かけてやってきたことは意味があったということだ」

「御厨さんはここにいるんですか?」直也が訊いた。

ロシュコフのうなずきが止まり、ヴィクトルと顔を見合わせる。

「ああ……いる」ヴィクトルが答えた。

「会わせてください」今度は直也が身を乗り出した。「お願いします」

「しかし、きみたちは衰弱している。体力の回復を優先させないと――」

なにかがおかしい。直人はふたりの態度を見て嫌な予感がした。だいたい御厨がここにいて元気なら、真っ先に兄弟のところに駆けつけてくるはずだ。

「いや、今すぐ御厨のいるところに連れてってくれ。俺はもう大丈夫だ」

直人は自分の点滴針をぞんざいに引っこ抜いた。腕に赤い血がにじむのもかまわずに。

直也が同じことをしようとしてヴィクトルにあわてて制止される。

「実は、ミクリヤは……」ロシュコフはため息をついた。「二〇二三年十月、あの海岸に現れたショーコを救出して、彼女を生命維持装置につないだあと……倒れた」

「倒れた……？」直也が呆然と繰り返した。

ひっきりなしにタバコを吸っていた御厨を思い出す。地球の未来は憂えても、自分の体を大事にする、なんて真似《まね》はできない男だった。

「ああ。それからずっと眠っている」

2

本田は門田《かどた》彰《あきら》防衛大臣が苦手だった。

専用回線の向こうからは、門田の鼻が詰まったような、聞いているだけで上から目線とわかる声が響いてくる。なにかトラブルがあってもいつものらりくらりで、自分の安全だけは確保するズル賢い男。保安本部、オペレーションルームの一角で、本田はその悪狐《わるぎつね》のような男と電話で密談していた。

スーパーナチュラルを否定し、物質世界を肯定するという政府の政策は確立されている。だが、その思想の源が奥原晶子であることは政府内でもあまり知られていない。彼女の表向きの顔はIT関連企業、〈アークコーポレーション〉元社長であり、予言者としての顔を知る者は政府関係者でもごく一部だ。門田大臣はダイレクトに彼女とつながっていたそのひとりだった。奥原の生前からしばしば指針を仰ぎ、おかげで防衛大臣にまで上り詰め、忠実かつ堅固《けんご》にこの物質社会をキープしている。そうでなかったら、本田は自分から連絡する気はしない。

『本田、おまえのよこした予言者が示した座標だがな、あれはロシアのヴォルクタ自治区にある、超能力研究開発センターを示している』

「超能力――」

さすがはかの大国、そんな露骨な名称が堂々とつけられているとは。

『もともとは軍事施設だったらしい。その分野の研究は旧ソ連時代から積極的に行っていたからな』

「周知しています。しかし、ロシア政府は我が国同様、現在はスーパーナチュラルの危険性を十分認識しているはずでは」

『あそこは強制労働収容所のあった旧ソ連の閉鎖都市だ。今は自治区だが、その黒歴史を抹殺したい中央政府とは微妙なバランスをとっているようだ。やや放任されているきらいがある』

「そこに我々と敵対するものの拠点があると思われます」

『うむ、緊急事態ということで、その超能力開発センターと関わりのある軍部に渡りをつけておいた。ロシア西部軍管区の空軍基地だ』

門田にしてはやることが早い。本田はわざとらしいほどのうやうやしい声を出した。

「感謝いたします」

門田の満足げな顔が目に浮かぶ。本当ならこんな根回しは抜きで、今すぐにでもヴォルクタ自治区へ軍用機ですっ飛んでいきたいのだが、そんなことをしたら第二次日露戦争が勃発《ぼっぱつ》する。

『日本政府としては、これ以上の内政干渉は安全保障上避けねばならない』門田はさりげなく付け加えた。『以降は保安本部単独の事案。政府のバックアップはないと思え』

出た、悪狐の得意技。するりと身をかわして責任逃れのポジションに着く。あとは知らん顔だ。

「門田さん。この国を導いてきた予言者の力を、あなたもご存知でしょう。ヴォルクタを潰すことが正しい道だと考えます」

『だからこその忠告だよ。くれぐれも慎重に事を運んでくれ』

もっともらしい言葉を残し、門田は電話をさっさと切った。

本田はほっとため息をついた。内心、安堵している。あんな、現場を知らない苦労知らずにいちいち口を出されてはたまらない。これでこちらの好きにできるというものだ。

「本部長」

ドアが開き、柿谷教授と小林君枝が入ってきた。奥原晶子が死んで以来、ふたりは粛々《しゅくしゅく》と事後処理にあたっている。遺体は防腐処理され、エジプトのミイラのようにあのピラミッドルームに保存されていた。ドクター中村の所在はわからない。どうやら責任を問われる前に逃亡してしまったようだ。

「予言者の示したロシアの座標、ヴォルクタ地区の気象データを分析しました」柿谷は大画面の映像を切り替えてグラフを出した。「見てください。これは先日ミラクル・ミックの逮捕に向かった時刻です。同じころ、ヴォルクタにも極度に強い電磁波の発生が見られます」

本田は鬼のツノのように跳ねあがった折れ線グラフを見た。

「どういうことだ?」

「ゴーストタウンの廃墟《はいきょ》で、電磁パルス攻撃があった時刻と正確に一致するんです。百分の一秒まで。電磁パルス攻撃の起点は、このヴォルクタです」

すべての根源はロシアにあり――予言者の言った通りだ。

「証明できるのか?」

「戦前、アメリカの科学者が、なぜUFOは時空を超えた飛行ができるのかという論文を発表しました。周波数を同期させることで可能になる。距離は関係ないんです。同じ理屈で、時空を超えた攻撃も可能になると思われます」

「ということは、ヴォルクタと日本のあの廃墟あたりが同期してるってことか?」

「そうなります」柿谷がうなずく。

本田は一連の出来事を振り返った。予言者が言った、ひとつの概念が破られる夜。それはミラクル・ミックの逮捕劇から始まった。なんのためにそこに電磁パルス攻撃を仕掛けてきたのだろう。おかげでミックが逃亡し、ダイナーに舞台が移ったおかげで、霧原兄弟と保安隊が出会った。

まさか、それが目的じゃあるまいな。

「それが事実だとして、さらなる攻撃を防ぐには根源を絶たねばならん」本田は語気を強めた。「我々は予言者から預かったアルファチームの能力者をふたりも失った。最後の指令だけはなんとしても遂行せねば。すぐにロシア西部軍管区の空軍基地に飛ぶ。手配を頼む」

「了解」

柿谷が弾かれたように動き出す。本田は顎をなでながら考え込んだ。ロシア中央政府が実はヴォルクタ自治区を抹殺したいと思っているなら、その手助けを我々ができるかもしれない。

「この作戦は一筋縄ではいかない」本田は君枝に向き直った。「君枝、おまえの力を頼りにしてるぞ」

国境をまたぎ、ヴォルクタの超能力開発センターを潰すには正攻法では不可能だ。そしてここに、人の裏をかくのが大好きな女がいる。保安隊が育てた最強兵器は、自信に満ちた目を細めてにっこり笑った。

「おまかせを」

3

まさかこんな光景を目にするとは思わなかった。

ロシュコフとヴィクトルに案内され、兄の後ろから超能力開発センターの半地下に下りていった直也は茫然と立ちすくんだ。

「これは——」直人のうめき声がドームに響く。

天井が教会堂のドームのような半球形の空間にケーブルでぶら下がる、たくさんの鉄繭。タンクの形をした生命維持装置のカプセルだ。直也は感動に打ち震え、上を見あげながら部屋の中央に歩いていった。その中で眠っているのは、あのとき、研究所で会った十二人の子供たちだ。それは惑星のように、真ん中のひときわ輝くカプセルを取り巻いて浮かんでいた。その中央のカプセルに入っているのは、女神像のような少女だ。

双海翔子——だらりと肩に落ちたツインテール。あの美しい瞳は固く閉じられている。

少女はずっとずっとここにいたのだ。

「ここは、ノアの間と呼ばれている」ロシュコフの声が響いた。

「ノアの間？」直也は振り返った。

「ああ、ミクリヤが命名した。この部屋がノアの方舟のように地球を救済し、未来を形作る源になるようにと。この生命維持装置は、生体活動はほぼ停止した状態で、精神活動は維持することができる。冬眠に近い状態と言えばいいか。この装置を介して、翔子を中心に十二人の特別な力を持った子供たちが中間世界を作り出していたのだ」

直也は胸を打たれてひとつのカプセルに歩み寄った。その小窓から見えるのは、まだ五歳ぐらいの中東系の女の子だ。

「その子はナジ。最初にここにきた子だ。二〇一七年にシリアの村でミクリヤとわたしが救助した」

「救助？」

「ああ、あのときはまいった」ロシュコフは頭をかいた。「ミクリヤはミサキの予言を百パーセント信じていたから、自分たちはまだ死ぬはずはないと言って、危険な場所にどんどん行ってしまうのだ。そして予言に従って、その子がレンガに描いたドラゴンの落書きを目印にしてナジを見つけた。ナジには片足がない。爆撃で破壊された建物の瓦礫《がれき》の下敷きになっていて、家族全員が死んだために誰にも発見されず、飢餓状態だった」

ロシュコフはいまだに信じられない、というように首を振った。

「本当に瓦礫の隙間にナジがいたとき、わたしは驚愕《きょうがく》した。虫の息だったが、まだ生きていた。それまでは半信半疑だったわたしが、ミクリヤの言う使命のようなものを強く感じたのは、そのときだ。わたしたちはナジをロシアに連れ帰って治療した。回復したナジには、ある能力があることがわかった」

ロシュコフは片隅のデスクに歩み寄り、引き出しから写真の束《たば》を取り出した。

「ナジはポラロイドカメラに興味を示した。念写ができたんだ」

「念写……」直人が言った。「御厨から聞いたことがある」

「ああ、最初に念写したのは、これだ」

そう言って、ロシュコフは一枚の写真を差し出してくる。受け取った直也は息をのんだ。

「これは――」

「……俺たちだ」後ろからのぞき込んだ兄がつぶやく。

そこに写っているのは、幼い直人と直也だ。背景はなく、ふたりとも黒々とした目でじっとこちらを見つめている。実物を撮ったのではないかと思われるほどクリアな写真だった。

「わたしがきみたちの顔を見たのは、それが最初だ。ミクリヤによると、新しい地球へ行った年齢だそうだ」

そら恐ろしいほどのイメージ力だ。携帯端末のメモリ容量が少ないとリアルな動画が再生できないように、ぼんやりしたイメージでは物資界に作用することはできない。透視もサイコキネシスも、どんな超能力も高度で精密なイメージ力を必要とするのだ。つまり力を使えるということは、莫大な容量を持っているということでもあった。そんな力を持った十二人が集まり、彼らを束ねて導く翔子が加わって、あれほどリアルな中間世界の研究所の形成を可能にしたのだ。

「だが、しばらくすると、ナジの容体が急変した。脳に腫瘍《しゅよう》があったのだ。力があまりにも強くて、脳に負担がかかってしまったらしい。そう、ミサキはそれも予言していた。意識を失う直前、ナジはポラロイドカメラを欲しがった。そして、これらを次々と念写したのだ」

ロシュコフは写真の束を渡してきた。金髪の白人の男の子、ラテン系の女の子……そこに写っているのはナジ以外の十一人の子供たちだ。そして、ツインテールで高校の制服を着ている双海翔子。

「サイコキネシスのトム、透視能力のカサンドラ、予知能力のアサド……ミサキに予言された能力を持つ子供たちの顔をナジは我々に見せてくれた。そしてついに彼女は植物状態になって生命維持装置につながれた」

ロシュコフは悲しそうにナジが入っている装置を見あげた。

「それから、ミクリヤは世界中を駆けずり回って残りの子供たちを探し出した。虐待、飢餓、紛争、貧困、イジメ……超人的な能力がありながら、どの子も死にかけていた。彼はそれらの子をひとりずつ救助し、ここに連れてきた。その誰もが、例外なく植物状態になる運命にあった。我々がこんな装置を作らなかったらとっくに死んでいただろう。ミクリヤは、たとえ意識がなくても肉体がこの世に息づいていて、地球の鼓動と連動していることが重要だと言った。そうでなくては中間世界を作ることはできないと。この子たちは次元移動もこの状態で生き残った。そして最後にショーコを迎え、彼らにしかできない使命を果たしたのだ。ミクリヤの記憶にある研究所を中間世界に作ることで」

「……御厨さんは?」直也は部屋を見回した。「どこにいるんですか?」

ロシュコフがため息をつき、ひとつだけ床に下ろされたカプセルに目を向ける。直也が近づいていって中をのぞくと、そこに御厨が横たわっていた。

「御厨さん……」

十八年間、御厨の肉体はずっとここで眠っていたのだ。そして、この大がかりな計画で新しい地球から呼び戻された兄弟は、なにも知らずに中間世界の研究所で育った。御厨に煙《けむ》に巻かれながら。カプセル内の彼の顔はまるで生気がない。タバコの吸いすぎで昔から悪かった顔色は、灰色にくすんでいた。

「……眠っているんですか?」

じっと御厨を見つめていた兄が、怪訝《けげん》そうにロシュコフに尋ねた。

「……つい先ほど、息を引き取った」ロシュコフはうなだれた。

そんな——直也はカプセルにすがりついた。あのとき、中間世界で会ったのが最後だったのか。御厨の死に顔を前にして、十五年間の生活がふつふつと胸に蘇る。いっしょに心に鍵をかける練習をした幼い日々。自分の心を読まれることを恐れずに手をつないでくれた人。

気づきには、痛みが必要なときがある——御厨の言葉が蘇ってくる。彼は兄弟を育てるという役目をまっとうしたのだ。

なんという献身。なんという意志力。ここにいる十四人はこの地下室のカプセルでひっそりと生き続け、中間世界を保ち続けた。ひとえに兄弟をこの世界で生かすために。そして残された地球の人々を救うために。

「……次元移動が起きるなんて、信じることだって難しい。こんなすごいこと、とんでもない勇気がなくちゃできない。それなのに、こんな装置を作って、自分を犠牲にして、そうまでして、御厨さんは、御厨さんはこの世界の人々を救おうとしたんだ」

直也は泣き崩れた。涙がとめどなくあふれて止まらない。震える自分の背中に兄の手が置かれるのを感じた。口には出せない兄の悲しみがじんじんと伝わってくる。

「ここまで持ちこたえたのも、並々ならぬ思いがあってのことだろう」ロシュコフの声が聞こえた。「きみたちをもう一度こちらの世界に呼び戻し、役目を果たせるように自分が育てなければならない。能力を持つ意味を、正しく理解させ、守ってやらねばと……」

直也は泣き濡れた顔をあげた。兄が自分と目をあわせ、感無量の面持ちで浮かんでいる子供たちのカプセルを見あげる。いつかはこの生命維持装置につながれた翔子や子供たちも息を引き取るときがくるのだろう。だが、ここは墓場ではない。始まりの場所だ。そして、そうなるかどうかは、自分たちにかかっている。

「あ……」

そのとき、直也は指先に異変を感じた。痺れるような感触。そっと目を落とすと、自分の右手に黒いノイズが走っていた。

4

「おい、どうしたユウヤ」

保安隊の寮の自室、メタリックな洗面カウンターの鏡の前に立っていたユウヤは兄の声で我に返った。

見れば、壁一面の鏡には腰に黒いバスタオルを巻き、頬を濡らした自分が映っている。シャワーを浴びたばかりだが、それは水滴ではなく、涙だ。なぜ、自分は泣いているのか。驚いたユウヤはあわてて涙を拭おうとした。

と、その指先にかすかな電流が走った。一瞬、自分の手が霞んで見えたのは湯気のせいではない。しまった、兄貴に見られた――。

「ユ、ユウヤ」

戸口にいたタクヤがあわてですっ飛んできて、手首をつかんだ。痛い。ユウヤは思わずうめき声をあげた。兄によけいな心配をさせたくなくて隠していたが、中間世界から帰ってきてからときどき体にノイズが走るようになっていた。幸い、消えかかった手はすぐにまた元に戻った。

「今、直人が視えた」ユウヤは言った。

鏡には青ざめた兄の横顔が映っている。これはどう考えても消滅の予兆だ。

「直人だと?」

「ああ、直也の――あいつの今の視点と俺の意識が重なったんだ」

遠隔透視だ。過去のシーンではなく、リアルタイムで直也の視覚を共有していた。中間世界の超能力研究所で触れ合い、今までに体験したことのない衝撃が走ってから、ふたりのつながりはいっそう強くなったようだ。

「またか」タクヤは手を離し、イライラと頭をかいた。「すべての元凶はあいつらだ」

「すごい場所だった。天井がドームみたいな部屋で、双海翔子と子供たちがいっぱい、丸っこい装置の中に入ってケーブルでぶら下がってた」

「翔子が？」

「ああ、あれはたぶん、生命維持装置だ。それから、中間世界で見た歳取った男もそん中に入っていた。どうも死んだらしくて、直也が……泣いていた」

つまり感情も共有したということだ。兄はますます気に入らない顔をした。

「場所はどこなんだ」

「わからない。だけど、外国人の科学者みたいなのがふたりいた」

「ロシア人か？」

「そんなの区別つかねぇよ。でも茶髪の白人と、もうひとりは金色っぽい目」

直也の悲しみがまだ自分の胸によどんでいる。彼は子供みたいに泣いていた。死んだ男は親ではないが、親を失ったように感じていた……そんな気持ちまで伝わってくる。

あのとき、中間世界で彼の真摯な目と向き合ったとき、互いにわかりあえるような気がした。直也自身はまったく攻撃的でもエゴイスティックでもない。知れば知るほど純粋な存在だ。そんな人間がなぜ、自分たちが生き残るために消されなければならないのか。

「兄貴……あいつらと戦わなくて済む方法を考えないか」

「まだ言ってるのか。それでおまえが助かるっていうなら、そうするさ。選択肢はない。あいつらは消すしかないんだ」

鏡に映った兄貴は憤っている。弟が消えかかったという恐怖。それが奥原晶子の予言をさらに強く信じ込ませていた。

だが、ユウヤにはわからなかった。奥原や保安本部は本当に正しいのか。あの老女はただ頭がおかしかっただけなのかもしれない。だが……現にこうして自分の消滅は始まっている。

直也との因果がなんなのか、それがわかりさえすれば。

そのとき、ステンレスの洗面カウンターの上に置いてあったユウヤの携帯端末が鳴った。ディスプレイが光って本田の顔が映る。ユウヤは急いでタオルで顔をぬぐった。

『タクヤ、ユウヤ、これよりロシアに飛び、空軍基地での会談に出席することになった。最終的にはヴォルクタ自治区に向かうことになる。出発は三十分後だ。急いで準備をしろ』

やはり連れていかれる。今の本田にとって、タクヤとユウヤは虎《とら》の子《こ》だ。

「本部長。たった今、ユウヤが霧原兄弟のヴィジョンを視ました」タクヤが報告した。

「おそらくこれから行くところにいるのではないかと」

『ほう』本田の目がぎらりと光った。『君枝から話は聞いた。予言者はおまえたちと霧原兄弟がパラドクスを起こすと言ったらしいな』

「はい、その兆候がすでに始まっています」

『そうか。だが、これで、その問題も解決だ。霧原兄弟がそこにいれば、一挙両得ということになる』

ユウヤはその冷酷な思考に鳥肌がたった。保安本部は予言者の指示通り、ロシアにある根源を壊滅させるつもりだ。しかし、他国の施設に勝手な攻撃などしたら国際問題になりかねない。いったいどうやってそれを実行するつもりなのだろう。

「今度こそあいつらもおしまいだな」

通信が終わると、タクヤはふーっとため息をついてユウヤを見た。

「兄貴、本当にこれでいいのか？」

「正義のため――なんて俺も思っちゃいないさ。おまえがどういうつもりだろうと、俺たちはどんなことをしてもこの世界に残る。それだけだ」

タクヤは洗面カウンターの上にあった黒いトランクスをユウヤに投げつけ、さっと背を向けて洗面所から出ていった。

「さっさとパンツ穿《は》け、行くぞっ」

5

なぜ、霧原兄弟がヴォルクタにやってきたのか。

ロシュコフには超能力はないが、ノアの間の雰囲気がふたりが来てから変わったのを感じていた。御厨のカプセルに葬儀用の花輪を置いている兄弟を見ていると、どうも嫌な予感が湧きあがってくる。

岬の予言は、ふたりをあの海辺で回収するよう指示していた。御厨はついに息絶えてしまったが、兄弟をこの地球に呼び戻し、生き延びさせるという使命は果たすことができた。長期にわたる計画は大成功だ。だが、このあとはいったいどうなるのだろうか。

残っている指示はあとひとつだけ。それは、御厨の元研究所の女性スタッフに託された、車の準備とその場所に関するものだ。多額の資金を渡されたその女性スタッフは、霧原兄弟が住んでいた家の跡地に祠を建て、すでに一度、研究所の森の入り口に車を準備している。どうやらそれは霧原兄弟が外の世界に出るのに使われたらしい。しかし、次の一台は誰が使うのだろうか。先のことはまったくわからない。

不確定要素――岬は兄弟をそう呼んだ。その後のことは確定していないのか。それとも、もう予言の必要がないのだろうか。

「ロシュコフ先生」

そこへ、ヴィクトルが眉をひそめてやってきた。

「西部軍管区第三基地のアンドレイ大佐から、会談の要請です」

「軍からだと？」ロシュコフは驚いた。「内容は？」

「このセンターが有する装備品の定期報告、とだけ」

そんな形式的な要請は今までに一度もなかった。どう考えても、このセンターの人間をおびき出す口実に決まっている。

「なんとも、このタイミングでか」ロシュコフは頭を抱えた。

予言の通り、それまで伝説だった兄弟が現れた。こんなときに軍の介入とは。もしこの部屋が見られでもしたら、今まで国の予算をどっさり使って御厨と秘密裏にやってきたこともバレてしまう。霧原兄弟がロシュコフたちの会話を聞きつけ、心配そうに近づいてきた。

「もしかしたら……」直也が兄を見た。「そこにユウヤたちがいるかもしれない」

「あいつらが？」直人が言った。「なぜわかる？」

「さっき、軍の施設と戦闘機が視えたんだ。ユウヤの視点だった。戦闘機に赤い星がついてた」

それはロシア空軍だ。弟の言葉を聞いた直人が眉を吊りあげた。

「ユウヤとまたつながったのか？」

「兄さん」直也はなだめるように言う。「ほんの一瞬だけだよ」

直也のリーディング能力の強さなら御厨からよく聞いている。直人は類稀なるサイキッカーだが、弟を死守するためにときどき感情が抑えられなくなるとも。今まさに、弟を心配するあまり兄は怒っている。

あいつの能力は直也を守るためにある、と御厨は言っていた。直人にとっては、直也が世界そのものなのだよ――。

「ユウヤというのは？」ロシュコフは尋ねた。

「日本の、保安隊の人間だ」直人は苦々しい顔で言った。「ユウヤも能力が覚醒して、ときどき直也とつながってしまう。そいつにもタクヤという兄がいる。俺たちとはなにか因縁があるらしい」

そんな奇妙な話は御厨からも聞いたことはなかった。しかし、おかげでこれからの会談には保安隊が絡んでいるということが判明した。一貫してスーパーナチュラルに対して厳しい態度をとっている日本政府筋の人間が、超能力開発センターの自分たちを温かく歓迎してくれるとは思えない。

「狙いは明白、か」

この超能力開発センターでやってきたことが漏れたのだ。霧原兄弟を追ってきたのかもしれない。ロシュコフは長年、軍に協力するということで超能力研究を続け、ロシア政府と危ういバランスを保ってきた。だが、日本の介入をきっかけにして、ついにこの開発センターが潰される危険性がある。

「しかし、会談を断るのもやっかいです」ヴィクトルが言った。「わたしが行ってきましょう」

ロシュコフはたくましいヴィクトルを見た。ロシア空軍の彼がロシュコフの助手に志願したのは、演習中にUFOを目撃したことがきっかけだった。世界観が広がったヴィクトルは、この開発センターにやってきて、さらに不思議な世界にどっぷり浸《つ》かることになった。

「大丈夫なんですか？」直也が言った。

直人も眉をひそめ、心配そうにヴィクトルを見ている。

「我々もそれなりに中央政府との関係を築いてきた」ヴィクトルは言った。「連中のいいようにはさせない」

ロシュコフは迷いながら考えた。ヴィクトルなら軍側の思考回路が読めるし、万が一のことがあっても戦闘能力もある。使者としては理想的かもしれない。

「わかった」ロシュコフはうなずいた。「護衛をつけて、くれぐれも用心してくれ」

「はい。それではヴォルクタ自治区隊のガシエフとオルグを連れていきます。ふたりともわたしより射撃がうまい」

直也はまだ心配そうにヴィクトルを見あげている。なにかが引っかかることがある様子だ。

「大丈夫」ヴィクトルは安心させるように白い歯を見せた。「なにも危険なことは起きない。ふたりはここを守っていてくれ」

ヴィクトルがロシュコフに挨拶《あいさつ》して大股《おおまた》で出ていくと、直人はすぐに弟を振り向いた。

「直也、意識して心に鍵をかけろ。ユウヤは危険だ」

ロシュコフは直也が顔を曇らせるのを見た。どうやら彼にはそうは思えない理由があるらしい。だが、どこの世界でも兄弟の力関係には微妙なものがある。それがたとえ類稀《たぐいまれ》なる力を持つ超能力兄弟でも。

「……うん、わかったよ、兄さん」直也は逆らわずにうなずいた。

6

ロシアの空は憂鬱《ゆううつ》を塗りたくったようにどんよりと曇っていた。空軍基地の広い滑走路にはずらりと並んだ戦闘機が鈍く光っている。本田を先頭にして十名の保安隊員が日本の輸送用ヘリコプターから降りていくと、基地のロビーにはロシア軍の一団が待っていた。

代表者はアンドレイ大佐、シベリアの海のようなクールな青い目で、勲章だらけの重たそうな軍服をびしっと着こなしている。対する本田は頭以外の包帯をとってしまい、無惨な傷だらけの顔をさらしていた。

「ようこそ、我が空軍基地へ」アンドレイは本田を見下ろしながらスマートに握手を交わした。

なかなかイケてるじゃないの――本田の後ろに立った小林君枝はアンドレイ大佐を観察した。その間にも、自分をじろじろ品定めしてくる遠慮のないロシア兵士たちの視線を感じる。飢えたシベリアンタイガーたちの心に浮かんでいるキーワードは、アジアンビューティーだ。君枝は彼らにちらりと流し目を送ってやった。

そんなに触手を伸ばしてくるなら、みんなまとめてコントロールしてやるわよ。

「非公式ですが、日本政府からの協力要請です」本田は黒い革のバインダーを差し出した。「ロシア政府からの認可は受けています」

すでに全員が自動翻訳機を耳につけている。同じ機に乗ってきたタクヤとユウヤは君枝の隣に並び、緊張した面持ちで直立していた。君枝はじっとアンドレイ大佐に集中した。お堅い男は女には目もくれないが、こういう男のほうが操りやすい。

アンドレイ大佐がバインダーを受け取る。本田がちらりとこちらに目を走らせる。アンドレイはそれを開き、書簡に目を落とした。

今だ。

「……了解した」アンドレイはおもむろにうなずいた。

タクヤもユウヤもなにも気づかない。だが、その書簡はまっさらな白紙だ。君枝にコントロールされたアンドレイの視覚は、そこに立派な正式書類の文面を見せられていた。

実は、君枝はロシア語なんてさっぱり、ロシア語アルファベットすらろくに読めない。

オペレーターの吉本がロシア外務省をハッキングして偽造してくれた文書を、自分の脳内にコピーしてきただけだ。もし偽造文書をそのまま提出したら、万が一バレたときに国際問題になってしまうが、これならなんの証拠も残らない。

「ただし、超能力開発センターの使者と引き合わせるだけだ」アンドレイはバインダーを閉じて釘を刺した。「妙な行動は起こさないように」

第一関門突破。大国の勇者を化かすのに成功した本田は礼儀正しく礼を言った。

「ありがとうございます」

ちょうどそのとき、近くの格納庫の扉が開き、美しいフォルムの戦闘機が滑走路に姿を現した。尾翼に輝く赤い星。君枝はユウヤの意識がそちらに惹きつけられるのを感じた。ともに深く潜った者同士、どうしても意識をキャッチしがちだ。国家のために行うマインドコントロールなら問題ないが、同僚の心の盗み見は自尊心が許さない。君枝がユウヤの意識を遠ざけようとしたとき、その隙間に滑《すべ》り込《こ》むように人影が視えた。

――まさか。

ユウヤがなにかを感じたようにこちらを振り向く。気づかれただろうか。君枝はなにくわぬ顔でアンドレイ大佐に見とれているフリをした。

今、ちらりと視えてしまった顔。それは、霧原直也だ。

霧原兄弟がヴォルクタ自治区の超能力開発センターにいるらしい――その貴重な情報を

もたらしたのは、出発直前のユウヤのヴィジョンだった。だが、意識の共有はこちらの情報を知られてしまう可能性がある。つながり続けることは極めて危険だ。もし、ユウヤが自分の意志でそれを行っていたら、保安本部に対する裏切りとみなされる。裏切り行為は内乱罪、極刑にて処分だ。

君枝は胸のモヤつきをユウヤに悟られないようにシールドをかけた。はたして彼にその自覚はあるのだろうか。

※

さっき、また直也とつながった。

ユウヤはこの状態にブレーキをかけるつもりはまったくなかった。直也の視点と自分の視点が重なって、互いに見ているものが視える。感じていることを感じ、それはときに言葉にもなる。

戦いたくない、戦いたくない……直也の心はいつもそう願っている。偽善的ではなく、純粋に平和な世界を望んでいる。ユウヤには考えられないほど強く。その思いは、ため池に注ぎ込む泉の水のようにユウヤに浸透してきた。

直也、直也。おまえは俺のいったいなんなんだ……？

タクヤの視線を感じる。兄はロシアの風景も会談もそっちのけで弟ばかり見張っている。なぜ、ユウヤと直也はつながってしまうのか知りたがっている。弟の消滅を止めるために、そして地球の滅亡を食い止めるためにその元凶を消したがっている。霧原兄弟。彼らが生きている限り自分たちに安らぎは訪れない。兄はそう信じている。そして今、保安隊は国境を越え、こんな北の果てまで彼らを追ってきた。直也たちもそれを知っている。ユウヤはただ、正しい選択をしたかった。直也に敵意はまるでなく、敵味方にかかわらず傷つく人間がいることを悲しんでいる。つながるたびに彼の清らかな誠意が伝わってくる。奥原晶子が彼らを殺すことで正義がなされると言うのなら、それはどこかがまちがっているとしか思えなかった。

問題は、兄貴だ。

7

ここにやってくるのは久しぶりだ。ヘリコプターから空軍基地に降り立ったヴィクトルは、かつて自分が乗っていた赤い星の戦闘機を懐かしく見た。後ろから二名の兵士が降りてきて、両側からヴィクトルをしっかり護衛する。

ガシエフとオルグ、ともにヴォルクタ自治区の優秀な戦士だ。風は冷たくて強いが、ヴォルクタより南にあるこの基地には雪が降っていない。ロビーから滑走路に迎えに出てきたのは、カラフルな制服を着た日本人の男女だった。

「はじめまして」

ヴィクトルは心の中で驚いた。不敵な笑みを浮かべ、日本国家保安本部の本田と名乗った男の顔は、崖《がけ》から転がり落ちたか、イノシシとスモウでもとったかのように傷だらけだ。女のほうは肌がすべすべのアジアンビューティーだが、髪に赤いシマウマみたいなメッシュを入れている。保安隊のジャケットは着ているものの、その下は派手派手ファッション、ロシア軍の人間ならただちにおっぽり出されるところだ。ロシア空軍の一団は、日本人の後方、ロビーの入り口で風をよけて見守っている。やはり形式的に日本との会談に立ち会っているだけのようだ。その中にはかつての上官、アンドレイ大佐の顔が見えた。

「きみが我々を呼んだのか」ヴィクトルは言った。

瞬時に敵を見極めるのは軍人のサガで、それも一種の超能力だ。ふたりの視線がぶつかり、互いの腹を探り合う。この男は明らかに自分たちに敵対する勢力だ。

「察しがよくて助かります」本田はうなずいた。「我々がつかんだ情報をもとに、この会談がセッティングされました」

「我々は中央政府と非常に繊細な関係を保っている。軽々しく呼びつけないでもらいたい」

ヴィクトルは軽くジャブを放って牽制《けんせい》する。本田はそれを跳ねのけるようにフッと笑った。

「単刀直入に言います。日本の反政府組織がヴォルクタ自治区にあるとの情報を手に入れました。あなたがたの超能力開発センターを視察させていただきたい」

そうきたか。保安本部は自分たちのセンターが秘密裏に日本に干渉していることを嗅ぎつけている。あのノアの間の装置に入った翔子と十二人の子供、さらに霧原兄弟が見つかり、今までやってきたことが暴露されたらおしまいだ。

「バカなことを」ヴィクトルは考えられないというように首を振った。「ヴォルクタに反政府組織などあるはずはない。あなたがたは偽情報をつかまされたのだ。そもそも我々のセンターは施設そのものが軍事機密だ。そんな言いがかりで視察など――」

「ですから、このように非公式で依頼しているのです」本田はさえぎった。

「話にならん」

ヴィクトルは格納庫のそばに日本の保安隊員が数名待機しているのを見た。武力行使をされると面倒なことになる。ヘリコプターの操縦席を振り返って目配せすると、窓越しに操縦士がうなずいた。すぐにローターが回り出し、日本人を追い払うように風が巻き起こった。

「視察が目的なら、正式なルートで交渉するんだな」ヴィクトルが声をあげた。「失礼する」

　ここは逃げるが勝ちだ。ヴィクトルは本田に背を向け、ステップに足をかけようとした。

「承諾いただけませんか」後ろから騒音に負けない本田の大声がした。「それでは、正式なものにさせていただくまでです」

「なに？」ヴィクトルは振り返った。

　本田の頭に巻いた包帯が風に吹きあげられている。ヴィクトルは長い髪をなびかせた女がにやりと笑うのを見た。武器はなにも手にしていない。それなのに、彼はクサリヘビに笑いかけられたようにぞくりとした。なんだ、この気味の悪い女――。

　次の瞬間、突然、護衛のオルグが驚いたようにヴィクトルを振り向いた。

「うわあっ、ヴィクトル」

　オルグはひとりで叫び声をあげ、パニックになって銃を抜く。いったいなにをあわてているのか。その目の焦点が合っていない。

「オ、オルグ？」ヴィクトルは啞然とした。

「き、きさまら、ヴィクトルになにを――」

　オルグはロシア軍の一団を睨みつけ、いきなり銃を向けた。その銃口の先にいるのは、アンドレイ大佐だ。本田と女性保安隊員はさっと滑走路に伏せた。

「オルグ、やめろ――」ヴィクトルは叫んだ。

パン。オルグはためらわず撃った。発砲音とともにアンドレイ大佐の体がぐらりと崩れる。驚愕したロシア軍の兵士たちが一斉に銃を抜いた。

なんということを――ヴィクトルは絶句した。

ダダダ……マシンガンの音が響く。ヘリコプターの前に着弾し、砂埃《すなぼこり》があがった。たちまちロシア軍対オルグとガシエフで銃撃戦が始まる。

「待てっ、やめろ――うわっ」

制止しようとしたヴィクトルの肩を銃弾が撃ち抜く。彼はよろめきながらヘリコプターに転がり込んだ。

「退却、退却だっ」彼は必死に号令をかけた。「オルグ、ガシエフ、早く乗れっ」

だが、見ればオルグもガシエフもすでに血まみれになって滑走路に倒れている。操縦士が急いでキャビンドアを閉めた。ダダダ、ダダダダ……機体に次々と着弾する音が響く。

ヘリコプターは命からがらヴィクトルだけを乗せて急上昇した。

いったいなにが起こったのか。

ヴィクトルはうめきながら座席の下に転がっていた。先に攻撃をしたのは、味方のオルグだ。突然、精神が錯乱したとしか思えない。ロシア軍はすぐさま報復に出るだろう。

ああ、ロシュコフ先生、やはりここに来たのはまちがいだった。

本当はなにが起きたのかわからないまま、ヴィクトルは意識を失った。

8

ヴィクトルが撃たれて重傷を負い、ふたりの護衛の兵士が死亡した。

最悪の知らせを聞いた直也は、兄とともに急いでセンター二階の医務室へ向かった。保安隊がロシア軍の基地に来ていると知ったときから嫌な予感がしていた。もっと強く引き止めるべきだったのだ。兄に注意され、仕方なくユウヤとのつながりを切っていた間にこの事態が発生してしまった。

廊下の行く手に、医師たちによってストレッチャーで運ばれていくヴィクトルが見えた。雪のように真っ白な顔。その軍服の肩は血まみれだ。

「ヴィクトルッ」

後ろからきたロシュコフが叫び声をあげながら兄弟を追い越し、髪を振り乱してストレッチャーに駆け寄っていく。

「いったいどうした、なにがあったんだ」

「……オルグが……」ヴィクトルは薄く目を開けた。「突然、軍のアンドレイ大佐を撃った」

「オルグが？　そんなバカな」

「信じられない、オルグが、あんな真似をするなんて……」ヴィクトルは苦痛に顔を歪めた。「もう……ここはおしまいだ……」

ロシュコフの顔色はヴィクトルと同じくらい蒼白《そうはく》になった。この開発センターを攻撃する絶好の口実を与えてしまった。しかし味方の兵士が先制攻撃をしてそのきっかけを作るとは、話ができすぎだ。

「マインドコントロールだ」直也は言った。

兄が、そして全員が驚いて自分を見る。この開発センターにいる者でその能力がなにか知らない者はいない。

「その場所に能力者がいたはずです。誰かがオルグを操ったんだ」

「女が……日本人の女がいた」ヴィクトルが言った。「髪の長い……」

「あの人だ、兄さん」

直人が苦い顔でうなずいた。マインドコントロールでミラクル・ミックの信者を操り、正幸少年に躊躇なくテーザー銃を撃った毒ヘビのような女。この超能力開発センターと兄弟を潰すためにありもしない反乱を捏造《ねつぞう》し、兵士たちに殺し合いをさせるなどお手のものだろう。

そのとき、直也の視界がブレた。映写機のフィルムを差し替えたようにちがう光景が視える。ロシア空軍の戦闘機。アスファルトを濡らす血、無数の銃痕。そして、あの女。

ユウヤの視点だ。直也はもうつながりを回避せず、意識を集中した。

「君枝、おまえがやったのか」ユウヤの怒りの声が聞こえた。「マインドコントロールを使って銃撃させたんだな」

「だったらなに？」

風が渦巻いて君枝の髪を乱している。ヘリコプターのそばだ。その後ろの滑走路を三機の赤い星がついた戦闘機が移動していく。

「俺たちは秩序を守る組織だ。これはただの殺人だっ」

「ユウヤ、本当に腑《ふぬ》抜けになったみたいね」

君枝の顔がアップになる。瞳の奥の冷酷な光。

「なんにもしないで平和だけを願ってる、庶民のたわ言みたいなこと言わないで。今、この世界は消滅しようとしている。些細《ささい》な犠牲の上に救える大勢の命があるなら、それを実行するのが我々の正義」

「そんな――」

「あなたは保安本部の特務部隊よ。自覚なさい」

ユウヤ、と男の声がした。視界に小走りのタクヤが現れる。

「おい、早くヘリに乗れ」

「どこへ行くんだ」

「ロシア軍はヴォルクタ自治区がクーデターを起こしたと判断した。七分後、空軍戦闘機三機が超能力開発センターをミサイルで爆撃する」

「なんだと……霧原兄弟はどうするんだ？」

「爆撃によって処理される」君枝はうれしそうに言った。「わたしたちの目的は、予言者の示した根源の殲滅《せんめつ》と、ふたりの抹殺。願ったり叶《かな》ったりよ」

胸の痛みが直也の意識を元の現実に戻した。呼吸が苦しい。気がつくと、目の前に心配そうな兄の顔があった。

「おい、直也、大丈夫か。まさか、またユウヤと――」

「……七分後に、ここが、ミサイルで爆撃される」直也はあえぎながら言った。

これはユウヤの心の痛みだ。彼は決してそれを望んでいない。だが、すでに争いの炎は大きく燃えあがり、誰にもそれを消すことはできなくなっている。

「なんだと」

「ユウヤはたぶん、ぼくに視せてくれてるんだ。戦闘機が、三機視えた」

聞いていた全員が愕然とする。ストレッチャーの上でヴィクトルが苦しげなうめき声をあげた。恐れていたことが最悪の形で現実になったのだ。

「避難したほうがいい」直人はみんなを見回した。

「ああ、その通りだ」ロシュコフはうなずいた「みんな、ノアの間に避難するんだ。あそこは半地下でシェルター構造になっている。スタッフを全員集めなくては。さあ、早く」

医師たちがストレッチャーを押してエレベーターに駆け寄る。ロシュコフは廊下の壁についた赤い非常ベルのボタンを押した。

ジリリリ……非常警報のレトロな音が施設に鳴り響く。ロシュコフは壁かけ式の業務マイクを手に取り、センター内に緊急放送した。

「全員に告ぐ、ただちにノアの間に避難しろ、数分後にミサイル攻撃がある。繰り返す、ノアの間に避難し、命を守れ——」

頭上のスピーカーから指令が響き渡る。エレベーターが開き、医師たちが急いでストレッチャーを運び入れた。ロシュコフもそのあとから乗り込むと、兄弟を振り向いた。

「さあ、早く、急がないと」

直也は兄の顔を見た。一歩も動こうとしない。そこには自分すら見たことのない決然とした表情が浮かんでいる。

「俺は、ヘリポートに行く」直人は静かに言った。

ロシュコフは信じられないという顔をした。

「な、なにを、相手はミサイルだぞ。いくらなんでも無茶だ」

「俺の力で、軌道を変えられるかもしれない」

「だめだ、やめてくれ、死んでしまう――」

「それしか方法がない」直人はきっぱり言った。「俺がここにきたのは、ここを守るためだ」

そうだ、わかっていた。これが兄さんだ。これがぼくの兄さんだ。自分以外の者を見捨てることができず、助けるために力を振り絞る。御厨さんと同じだ。たとえそれが自分の望まない力であっても。

「直也」兄が冷静な目で自分を振り向く。「おまえは地下にいけ」

「いやだ、ぼくも残る」

「直也っ」

「兄さんの力を最大にするには、ぼくがいないと」

直也は兄が止めようとするのにかまわず、エレベーター脇の階段を駆けあがっていった。苦々しい表情の兄があとを追ってくる。

「直人、祈っているぞ」ロシュコフが閉まりかけたエレベーターの隙間から叫んだ。「我々はみんなで、ここが守られるように祈っている。どうか、どうかその力を忘れないでくれ――」

遠ざかるその声を聞きながらふたりは上を目指した。決戦の場へ。白と黒のリノリウムの階段をいちばん上まで駆けあがり、ヘリポートに続く屋上のドアを開ける。
ブワッ——雪混じりの突風が氷の槍《やり》のように体を刺す。眼下には真っ白な雪景色が広がっていた。

9

ヴォルクタ地区に近づくと雪が降り始めた。保安隊を乗せたヘリコプターは雪雲の下を低空飛行していく。前部座席に並んで座った本田と君枝は雪を気にしているが、後部座席に座ったタクヤは外の風景には目もくれず、じっと弟を観察していた。

様子がおかしい。さっきからずっと計器を見つめている。レーダーには三機の戦闘機の現在地が赤く示されていた。攻撃目標地、超能力開発センターに向かって速いスピードで進んでいる。

「あと一分で攻撃が開始される」本田の興奮を抑えた声がした。「これでやっと霧原兄弟も始末できる。爆撃後の遺体確認が面倒だがな」

まるで映画が始まるのを待つ観客のようにわくわくしている。マインドコントロールでロシア軍とセンターの人間を罠にかけ、この攻撃を実現させた君枝は早くも達成感をにじせていた。このふたりはいいコンビだ。

これでいいんだ──タクヤは自分に言い聞かせた。これがこの世界にまぎれ込んだあの兄弟の運命だったのだ。もしこうならなくても、いつかは自分が手を下さなければならなくなっていただろう。これで、ユウヤは消えないで済む。世界の消滅もまぬがれるのだ。

『本部長、柿谷です』そのとき、本田の携帯端末が声をあげた。『ヴォルクタの超能力開発センターの上空に強い電磁波の発生が見られます』

「電磁パルス攻撃か」

『はい、おそらく』

タクヤは耳をすませた。電磁パルス攻撃といえば、あのミラクル・ミック捕獲作戦の夜、ゴーストタウンで起きた攻撃のことだ。それがこの地となにか関係があるのか。

「ロシア軍は開発センターの詳しい資料を持っている」本田は応えた。「それを見せてもらったが、あそこに電磁パルス攻撃のシステムはなかった。大丈夫だ」

タクヤは眉をひそめた。ロシア軍は本当に超能力開発センターでやっていることを把握しているのだろうか。ユウヤが視えたと言っていた、翔子や子供たちや生命維持装置のことも。いや、そうとは思えない。

『しかし、データには明らかに──』

「いずれにせよ、あと一分足らずでミサイルが発射される」本田は柿谷の声をさえぎった。「こちらが先にすべて破壊しておしまいだ」

霧原兄弟の命のカウントダウンは始まっている。タクヤは弟に目を戻した。まだレーダーをじっと凝視している、急にその目が潤《うる》んだ。

まさか――タクヤは震撼《しんかん》した。まさか、今、あいつとつながっているのか。この状況をリモートアクセスのようにテレパシーで知らせているのか。保安隊を裏切ってまで。

バカな。

「ユウヤ」タクヤは激怒して弟の肩をつかもうとした。「や――め、ろ――」

そのとき、唐突に頭がくらりと揺れた。視界がシェイクされたようにブレる。目の前の光景がかき消え、雪に覆われている古びた街が視えた。そして、大きな目で空を見あげている直也の横顔が。

「兄さん」直也がこちらを向き、空を指さした。「こっちだ。もうすぐミサイルが発射される」

雪まみれの顔。覚悟を決めた真剣なまなざしは澄んでいる。

「よし」直人の声がした。

ヘリポートの黄色いラインが見える。そこは超能力開発センターの屋上だ。

タクヤはもう声が出なくなった。自分に起きていることが信じられない。

今、自分は霧原直人とつながっている。

10

死のミサイルがもうすぐ放たれる。俺たちを全員殺すために。

直人は激しい怒りに駆られて雪が舞う空を睨んでいた。厚い雲を突き破り、赤い光のラインがこちらに向かってくる。一本、二本、三本。光のラインは雪を吹きあげながら交差した。なにも知らなければそれは彗星《すいせい》のように美しい。

「きた」

「兄さん――」

弟の手が凍った背中を支える。指は寒さでちぎれそうなほど痛くても、雪を溶かすほど熱いその思いが伝わってくる。

こんな世界はまちがっている、まちがっている。

「うおぉぉぉ」

直人の体から力がほとばしり出た。上空の空気がぶわんと揺れる。見えない壁が広がり、三つのミサイルはそれに次々ぶつかって爆発した。

「やった」直也がつぶやいた。

だが、攻撃は止まらない。爆煙の向こうに、雪雲を突き抜けて三機の戦闘機が姿を現す。直人はすかさずその機体を狙って衝撃波を放った。

命中。一機が空中爆発し、破片が花火のように飛び散る。だが残りの二機にはかわされた。さすがロシア空軍だ。戦闘機は二手に分かれて旋回し、二方向から後続のミサイルを発射してくる。直人はまた衝撃波を放った。

空中で一発のミサイルが爆発する。だが、もう一発はそれをかわし、ヒュルヒュルとなりをあげながらセンターの建物に着弾した。

ドーン。爆発音とともに足元が揺れる。直也が雪に足を滑らせて転んだ。

「直也っ」

直人は弟に駆け寄って助け起こした。氷のような指と指がからまる。

「大丈夫。兄さん、もう少しだ」

そのとき、直人は上空からの視点でその光景を見た。

ヘリポートのふちに立つ、手をつないだ直也と自分。

誰かがヘリコプターの窓から自分たちを見下ろしている。

保安隊の制服を着た男女と、ユウヤの苦しげな顔。

タクヤだ。今、タクヤとつながった。

視界が混乱し、めまぐるしく交錯する。直也とユウヤが重なっている。タクヤと自分が重なっている。逃げる者と追う者が。

そのマルチ画面のような視界の中で、またもや発射されるミサイルが見えた。自分たちにそれが向かってくるシーンと、自分たちのほうへ向かっていくシーンがダブる。

「兄さん……みんなが祈ってる」直也の声が聞こえた。「力が集まってる。翔子が――」

その声がチューニングのように直人の意識をまた元に戻す。

雪が激しく渦巻く。ミサイルは狙いを定めて真正面から迫ってくる。直人はその弾頭に向けて渾身《こんしん》の力を放った。

その瞬間、空が裂けた。ふたつの視点、ふたつの力に引き裂かれるように。

白い閃光。そのまばゆい白の中で、カプセルの中の翔子がカッと目を見開く。

そして、なにかがその体から放たれた。時空間を揺さぶる、莫大なエネルギーが。

直人はとっさに直也に覆いかぶさっていた。

どこかに吸い込まれていく感覚。渦巻く雪、渦巻く空。

その中で、ただ弟の存在だけを感じていた。

11

ヘリコプターがガクンと大きく揺れた。

ユウヤはそのとき、直也の視点で自分に向かってくるミサイルを見つめていた。雪を弾きながら近づいてくる、死。

もうおしまいか。ダメだ、いやだ、まちがっている。

直也、生きろ——。

ユウヤの視点が瞬時にヘリコプターに戻る。目がうつろなタクヤ。窓に飛びつくと、霧原兄弟の前でミサイルが爆発するのが見えた。

終わった。

そのとき、いきなり前方の雪雲に亀裂《きれつ》が走った。ヘリコプターが斜めに傾き、君枝が悲鳴をあげる。本田がわめく。ほとばしる白い光。その巨大な渦に巻かれ、ヘリコプターが回転しながら呑み込まれていく。ロシアの戦闘機もろともに。

キーンとハウリング音が響き、頭に激しい衝撃が走った。

意識が飛ぶ。記憶のファイルをかきまわしたように頭の中で自分と直也、直人とタクヤがぐるぐる交錯する。両親、保安隊、翔子。ここはどこなのか。今はいつなのか。

自分は誰なのか。
頭の中が光一色になり、ユウヤの意識はホワイトアウトした。

第六章

1

死ぬ、と本田は思った。ヘリコプターがジェットコースターのようにガクガク揺れ、遠心力で体が振り回される。吹っ飛んだ計器が窓をぶち破った。電磁パルス攻撃か？　落雷か？　霧原兄弟はミサイルで死んだのか？

わたしも死ぬ。

激しい衝撃でなにも見えなくなる。灰色の世界。意識が遠ざかる。と、ヘリコプターが雲を突き破るようにそこから飛び出した。

いきなり目の前に夜空が広がる。パイロットが必死に機体のバランスをとり、よたよたと飛んだ。助かったのか。本田はあえぎながらシートにつかまり、やっとのことで体を起こした。隣で君枝は頭をのけぞらせて失神している。割れた窓から外を見て、我が目を疑った。

大都市だ。ヴォルクタのわびしい雪景色は消え、眼下には近代的な街が広がっている。高層ビルの群れにきらめく無数の明かり。血管のように走っている車のライトの光。ここはいったいどこだ。

ギュウウン——騒音とともに後ろから赤い光がヘリコプターを追い越していった。

ロシアの戦闘機だ。どこかが故障したらしく、スパークの尾を引いている。超能力開発センターを攻撃していたはずの機体は、前方にそびえたつ高層ビルを避けきれずにそのまま突っ込んでいった。

爆発。ビルの一角が破壊されて燃えあがる。まるでテロの悪夢だ。ヘリコプターのパイロットが歯を食いしばって操縦桿を操り爆風を避けた。かろうじて体勢を立て直したヘリは、煙を避けて大きく旋回して飛んでいく。

『き、緊急着陸します』パイロットの震え声がスピーカーから響いた。

そこへもう一機、後ろからロシア軍の戦闘機が現れる。すれすれにビルを避けたが、片方の翼がぐらついていた。戦闘機はスピードと高度を下げ、車が通っていない高速道路に着陸しようとしているようだ。前方から走ってきた一台のトラックがあわてて道路脇に逃げていく。戦闘機はかまわず道路に滑り込んだ。

本田はハラハラして手を握りしめた。二、三回バウンドした機体が傾いて火花が散る。

だが、なんとかバランスをとってトラックぎりぎりに停止した。

さすがはロシア空軍。本田は脱力した。しかし、ビルに突っ込んだ一機は絶望的だ。

「ほ、本部長」君枝が意識を取り戻した。怯えたようにあたりを見回す。「ここは……嘘でしょ」

本田は目を剝いて地上をしげしげと見下ろした。ビルとビルの合間をレトロな形のロープウェイがのろのろと動いていく。スクランブル交差点を渡っていた人々が啞然として空をあおいでいた。それを取り囲むビルの大型ディスプレイには、見覚えのあるプロパガンダが光っている。

〈世の中は物理である〉

「まさか――」本田はおののいた。

渋谷だ。なにが起こったのか。一瞬にしてロシアからの五千七百キロあまりを東京まで飛んだというのか。目の前ではロシアの戦闘機が日本のビルに突き刺さっている。大混乱した頭に、柿谷教授が言っていたUFOの飛行原理が頭をかすめた。

信じられない。ならば、ヴォルクタの超能力開発センターはどうなったのか。霧原兄弟は仕留められたのか。

「ほ、本部長」後部座席を振り向いた君枝が叫んだ。「タクヤとユウヤが――」

振り向いた本田は、空っぽの座席と留め具がはまったままのシートベルトを見つけた。

空から放り出されたのなら、まだわかる。

「クソッ」本田はわめいた。「またかっ」

またしても黒木兄弟は消えてしまったのだ。

2

墓場のような静寂。カビ臭い空気に鼻を刺激され、ユウヤは顔をしかめて目を覚ました。どこかの荒れたビルの薄暗い廊下、じめじめした床に倒れている。すぐそばに目を閉じているタクヤの顔があった。完全に意識を失っているようだ。

ここは……どこだ。頭をひっかきまわされたように記憶が飛び飛びで思い出せない。体を起こして顔をあげたユウヤは、奇妙な感覚を覚えた。どこかで見たことのあるコンクリートの壁。柱に赤いスプレーで書かれた落書きは日本語だ。自分が見ているその光景の意味に気づいたとき、背筋に冷たいものが走った。

「兄貴」ユウヤは揺り起こした。「起きろ」

タクヤがいきなりガバッと身を起こしてあわてて左右を見る。まるで寝過ごした朝の子供みたいだ。

「ユウヤ……ここはどこだ」

「ミラクル・ミックを捕らえにきたときの、あの廃ビルだよ」

「んなわけあるかよ、俺たちはロシアに――」

しっ、とユウヤは口に指を当てた。廊下の奥から、白っぽい人影と懐中電灯らしき光が近づいてくる。足音がするから幽霊ではなさそうだが、味方か敵かわからない。ふたりはとっさに柱の陰に身を隠した。

白い服の男たちが数人、赤っぽいスーツの男を取り巻いて歩いてくる。丸い光に浮かびあがった彼らの顔を見て、ふたりは息をのんだ。

ミラクル・ミックと信者たちだ。なぜ、今ごろこんなところに。ミックはあのときと同じド派手なスーツを着ている。国家反逆者の収容所に閉じ込められているはずではなかったのか。

「どうなってんだ」タクヤがヒソヒソ声で言った。「なんで俺たちはここにいる」

「ここは、俺たちが初めて翔子を見た地下だ。あのときは、電磁パルス攻撃があった」

「だから?」

「たぶん、ヴォルクタとここはつながってるんだ」

そうとしか考えられない。双海翔子はロシアの超能力開発センターで生命維持装置につながれていた。おそらくあのセンターにいる能力者の力で、電磁パルス攻撃や時空間移動を可能にしていたのだ。今までに霧原兄弟が消えたときも、中間世界に運ばれたときも、翔子たちの力が関与していたのだろう。すべての根源は、まさしくロシアにあったのだ。信者たちはふたりが隠れているのに気づかず、ミックを後生大事に守りながら通り過ぎていく。そっとそのあとをつけていくと、一行はやがて壁の一部が切り取られたところで立ち止まった。ミックだけが震えながらその中に入っていく。そこは、保安隊がミックを発見した隠し部屋だ。ユウヤは目の前で起きていることにやっと気づいた。

俺たちは過去にいる。

「どういうことだ」タクヤが愕然として言った。「タイムスリップかよ」

信者たちは部屋の入り口をせっせと外から塗り固めてふさぎ始めている。これはあの夜、保安隊が突入する前の出来事だ。まるで悪夢に封じ込められたように胸が悪くなる。どうして過去にきてしまったのか。いったいどうやって元の時間に戻ればいいのか。

と、急に信者たちの姿が薄くなった。みるみるうちに幽霊のように消えていく。誰もいなくなった廃墟で、ふたりは呆然と顔を見合わせた。

自分たちは過去に移動してしまったのではない。過去の残像を見ていたのだ。

「時間が混在してる」ユウヤは頭を押さえた。「現在と過去が同時に存在してるんじゃないか?」

「なんだよそれ。これも俺たちのパラドクスの影響だっていうのか。あいつらは死んだんだろ」

ユウヤは胸の痛みをこらえた。自分の記憶はミサイルが兄弟を直撃したところで切れている。あれで生きていられたら、超能力者どころか不死身人間だ。今ごろ黒焦げ死体がふたつ、ロシアの僻地に転がっているだろう。

そのとき、ふいに別のヴィジョンが頭に入ってきた。廃ビルの前に停《と》められた保安隊の装甲車。その後部ハッチが開き、武装した曽根崎と武藤玲佳が張り切って降りてくる。あの作戦の夜の再現シーンだ。だが、運転席と助手席から降りてきたのはタクヤとユウヤではなかった。

「兄貴」ユウヤはつぶやいた。「あいつらが、くる」

3

「おまえらっ、なにしてるっ。さっさと出せよっ」

小窓から吠えてくる曽根崎のガラガラ声で、直人は飛びあがるように目を覚ました。人生最低の目覚めだ。目の前には、とっくにチリになったはずの男が生きていて自分を睨みつけている。いったいなにが起きているのか。あたりを見回した直人は愕然とした。

渋谷のスクランブル交差点。自分がいるのは保安隊の装甲車の中だ。

「はいはい。使えねえ兄弟だって言われねえように、頼むぜ、ユウヤ」タクヤの声がした。

それは自分の体の中から聞こえてくる。運転席を見ると、同じようにあっけにとられた直也が座っていた。その姿が一瞬、戦闘スーツを着たユウヤになり、すぐにまた戻る。

「ユウヤの意識と、ぼくの意識が重なってる」直也は戸惑いの声をあげた。

「俺は、タクヤの意識と。おまけにこいつは過去の場面だ」

装甲車は黒木兄弟の記憶をなぞるように渋谷の街を走っていく。車内ディスプレイにミラクル・ミックの手配画像が現れ、彼らが交《か》わした過去の会話が頭の中に響いた。夢の中の出来事のようにすべてが勝手に進んでいく。

「時間が——混乱してる。過去と今がごっちゃになってるよ」

あのとき、ヴォルクタにおける交戦の最後になにかが起こった。超能力開発センターが破壊されかけた瞬間、次元を行き来している翔子が子供たちといっしょに力を振り絞ってプラズマエネルギーを放ったのだ。それは電磁パルス攻撃として時空を越え、東京の渋谷に届いたということか。おそらく周波数を同期させたのだろう。そして、そこに二組の兄弟のパラドクスが合わさり、現実と過去がオーバーラップした歪んだ空間を作ったのかもしれない。

「飛ばされたのは、俺たちだけなのか？」

装甲車は立ち入り禁止のゴーストタウンに入っていく。直也は首を横に振り、行く手にそびえている不気味な廃ビルを見つめた。

「いる。あのふたりが。あのビルの中に」

※

これはすべてが始まった夜、ぼくたちが中間世界の研究所から取り残された地球に飛び出た夜の出来事だ。直也が廃ビルに停まった装甲車から降りていくと、玲佳がじっと自分を見つめていた。チリになってしまった女隊員。何度繰り返してもあの最期を迎えるのか。過去の玲佳はたちまち霧のように消えてしまった。振り向くと、乗ってきた装甲車ももうどこにもない。

現実に戻ったようだ。ふたりは運命の手に導かれるように廃ビルへと向かった。警戒モードの兄が弟の先に立って正面玄関から入っていく。そのとたん、強い耳鳴りが直也を襲った。

「タクヤさんだ」直也は頭を押さえた。「すごい敵意。避けられないよ」

どちらの兄も弟を守るために必死なのだ。きっと、タクヤはあのミサイルの爆撃ですべての始末がついたと思ったことだろう。だが、辛くも生き延び、ふたつの兄弟はここに運ばれた。再会したらどんな恐ろしいことになるかわかったものではない。ふたりがパリパリとガラスを踏みながら薄暗いロビーに入っていくと、そこにぽつんと人影が待っていた。

だが、それは黒木兄弟ではない。

「——翔子」直也は目を見張った。

淡い金色の光を放ち、翔子は青みがかった瞳でまっすぐにふたりを見つめてくる。廃墟の重い空気を浄化するような純粋な波動。彼女の肉体はまだヴォルクタの超能力開発センターのカプセルに入っているはずだ。

「翔子……」直也は立ち止まった。「ぼくたち、どうすればいいんだ」

「……未来は決まってない。どこに流れていくのか、誰にもわからない」

静かな声。そのひと言ひと言が胸にしんしんと染み込んでくる。

「未来は、無数に存在する点の中から、ひとつひとつを拾いあげていくようなもの。予知能力者は、可能性を探って未来の道を示唆《しさ》しているだけ」

足し算やかけ算で出せるような明確な答えは、未来予知にはあり得ない。それはわかっている。だが今は、せめて一粒の希望が欲しいと願わずにはいられなかった。どうしたら戦いを避けられるのか。どうしたら世界の滅亡を防げるのか。

「爆撃は——ロシュコフやみんなはどうなった?」直人が訊いた。

「みんなは無事だった。だけど——もう、生命維持装置の動力を確保できない」

「なんだって」

超能力開発センターの建物にミサイルが一発命中したことを思い出す。おそらくあれが原因だろう。みんなを守り切れなかった兄がクッと歯を食いしばる。

「わたしたちの役目は、もう終わる」翔子は言った。「きっと、会えるのも、これが最後」

「そんな……」直也は絶句した。

残された地球を救うためにとどまってくれた翔子と子供たち。その肉体の死をもって使命は終わるのか。彼らはふさわしい場所に行けるのだろうか。

「教えてくれ、翔子」直人が言った。「俺のこの力は、戦うためにあるのか？　そのために、こっちの世界に呼び戻されたのか？」

「直人さん、お願いだから答えを外に求めないで。あなたの求める答えは、あなたの中にある」

ふわり。翔子のツインテールが揺れる。彼女の周囲に不思議な風が吹き始めた。

「みんな、自分の人生を選んでいる。わたしたちはみんな、自分で未来を決めている。そしてひとりひとりの動きが、未来を作っていく」

「俺にはわからない。翔子、おまえは、自分の人生を自分で決めてきたと言い切れるのか？」

翔子はじっと直人の目を見つめた。言葉よりも強く、澄んだ瞳からまっすぐなエネルギーが放たれる。

「みんな自分で決めている。わたしも、あなたたちも」

その言葉とともに、翔子の背後にたくさんの人影が浮かびあがった。十二人の子供たち。まるで合唱団のように二列に横並びになって佇《たたず》んでいる。背の高い金髪の少年、小さな黒人の男の子、あの中東系の幼女、ナジもいる。その顔はひとつ残らず穏《おだ》やかで、ただ別れを惜しむように兄弟を見つめていた。

「みんな、新しい地球に移行していく」翔子は言った。「御厨さんはもう先に行った」

「翔子、きみは?」

翔子は微笑んだが、少し悲しそうに見えた。

「わたしは、もう地上には生まれない」

翔子がゆっくりと近づいてくる。花の香り、揺れる髪、紺色のハイソックスをはいた足。ジャリ、とローファーがガラスを踏む。彼女は直也の前に立つと、そっと手を伸ばして頬に触れてきた。

「感触が、ある」直也は驚いて翔子を見つめた。

「あの子たちが、わたしを実体化させてくれている」

体と体。分離しているからこそ、人間はつながりを求める。翔子をこの地球にもたらした宇宙は、その切なさを知っていたのだろうか。

「翔子」直也は翔子の手に自分の手を重ねた。

「直也……」

翔子はふわりと直也の胸に顔をうずめた。温かく柔らかい肉体。そっとそっとその細い肩を抱く。宇宙を漂う孤独な星を抱くように。高い周波数で互いを感知し、自分たちにしかたどり着けないレベルでつながったふたり。だが、今このとき、翔子はただのひとりの少女だった。

「さようなら」その目から涙がこぼれ落ちた。

あのカプセルの中で、翔子の肉体も泣いているのだろうか。熱い涙の感触は思い出になるのだろうか。直也の腕の中で、捕まえようもなく少女の姿は薄れていく。

一陣の風が吹いた。

十二人の子供たちも翔子を追うように次々と消えていく。光に溶けるその顔に切なさと安堵を浮かべながら。そして、ついに誰もいなくなり、兄弟は清らかな風の余韻を感じながら、元のカビ臭い薄暗がりの中に取り残されていた。

みんなみんな行ってしまった。自分たちを置いて。まだ、ぼくたちはやり残したことがあるのか。だが、いったいどうすればいいのか。

気づきには、痛みが必要なときがある——御厨の声が蘇る。

胸が痛い。もうこれ以上、誰にも傷ついてほしくない。戦わずに済む道を探したい。涙をぬぐった直也の肩に、兄が手をかける。本当は戦いたくない手。兄さん、と口を開きかけた、そのときだった。
ダダダダ――銃弾が炸裂し、ふたりのそばの壁を削った。

4

ゴーストタウンのビルの屋上、緊急着陸したヘリコプターの中で、タクヤとユウヤの行方を探すように本田に命じられた君枝は、ひとり目をつぶってシートに横たわっていた。

黒木兄弟の携帯端末はまったく反応しない。頼りは彼女のスキャン能力だけだ。

しかし、君枝にはひそかなる自信があった。自分の能力は確実に強くなっている。それがいつからなのかも、はっきりと自覚していた。あの奥原晶子が死んでからだ。

「うっ」頭蓋骨《ずがいこつ》がきしんだ。

異様なまでに強い彼らのエネルギーは砂の中のダイヤモンドのように輝いていた。タクヤとユウヤ、そして直人と直也。こんな悪目立ちするエネルギーは見逃しようがない。なぜか四人は同じ場所に集まっていた。

ミラクル・ミックのアジトがあった廃ビルだ。その場所はエネルギーが集中しすぎたためか、奇妙な空間と化している。君枝の見たことのない光のねじれのようなものが視えた。

「見つけた」君枝は起きあがって髪をかきあげた。「黒木兄弟と霧原兄弟、ともにミラクル・ミックのアジトがあった廃ビルにいます」

「あいつらもまだ生きていたのか」本田は目を吊りあげた。「よし、ただちに突撃班を出動させろっ」

君枝はヘリコプターから降り、緊急車両のサイレンが鳴り響いている街を見下ろした。ロシアの戦闘機が突っ込んだ高層ビルからはまだ激しい炎があがっている。突然、上空に出現したヘリコプターや戦闘機は大勢に目撃されたはずだ。この件を政府はどうやって説明するのだろう。やがて保安隊の装甲車が迎えにやってくると、君枝は本田とともに飛び乗って廃ビルへと急行した。

「これは国家の一大事です」

装甲車の中、本田は低い声で電話をしている。相手は門田防衛大臣だ。電話の向こうからはパニクった怒鳴り声が聞こえていた。ロシアがらみでこんな大事件が起きた今、彼が辞任に追い込まれることは予知能力者でなくともわかる。

「――ですから、早急に協力を要請しているのです。今がまさに、我が国の存続を左右する、そのときなのですよ、門田さん」

東京が揺らぎ始めている。そして、世界が。君枝は奥原の視点が乗り移ったような危機感を感じた。手遅れにならないうちになんとかしなくては。まずはこの混沌の原因、霧原兄弟を確実に消去することだ。

目的の廃ビルに到着したときには、すでに特務部隊は準備を整えて待機していた。ロシアに連れていかれなかったアルファチームの十二名。筋肉隆々の体を戦闘スーツで包み、最新のサブマシンガンを装備している。だが、この中に覚醒した隊員はひとりもいない。

「本部長」君枝は言った。「霧原直人に銃撃は無効です」

「わかっている」本田は言った。

この男には学習能力がないのか。君枝は眉をひそめた。こんなものは直人にとっては水鉄砲のようなものだ。

「ターゲットは霧原直人と霧原直也だ」本田は隊員たちを見回した。「見つけ次第即刻駆除しろ。黒木タクヤと黒木ユウヤについては安全を確保するように。行けっ」

本田の号令で隊員たちは三チームに分かれて散っていく。三方向から一斉にロビーへと突入する作戦だ。君枝は息をつめた。やがて激しい銃声が響いてくる。ダダダダ——そして、叫び声が。

次の瞬間、今までに聞いたことのない大音響が轟《とどろ》いた。

5

ドドーン。タクヤがその衝撃波のエネルギーを感じた瞬間、頭上で大きな地響きが鳴り渡った。建物がぐらりと揺れ、とっさに弟を倒して床に伏せる。地下の天井からパラパラとコンクリートの破片が落ちてきた。

「あいつだ」ユウヤが言った。「あいつらが上にいる」

ふたり同時に跳ね起きてダッシュし、地上への階段を駆けあがる。一階のロビーに着いたタクヤは顎がはずれそうになった。もともとボロボロだったロビーはほとんどの壁が崩れ、天井が消えて三階まで吹き抜けになっている。その新たな舞台の真ん中に立っているのは、霧原兄弟だ。瓦礫は彼らをきれいに避け、ステージのような円形の空間ができていた。

力が格段に強くなっている。

タクヤの背筋を冷たいものが走った。舞い散る粉塵《ふんじん》越しに、直人がこちらを見る。鋭い野獣の目。あっけにとられて吹き抜けを見あげていた直也も、ユウヤを見つけて息をのんだ。弟たちの視線がぶつかり、タクヤは反射的に身がまえた。

またユウヤが消えてしまうかもしれない。どちらかしか生き残ることができないなら、ここで決着をつけてしまいたい。だが、自分はこんなとんでもない力に太刀打ちできるのか。

「待てっ、タクヤ」別の方向から声が響いた。

崩れた入り口から入ってきたのは、ハンドガンを手にした本田だ。たったひとり、妙に堂々とした態度で歩いてくる。その後方には、直人の力で紙吹雪のように吹っ飛ばされたらしい保安隊員があちこちに転がっているのが見えた。

「わたしが終わりにする」本田の執念の目が直人をとらえた。

瓦礫の山の中にぽとりと落ちた小石のように、その言葉が虚《むな》しく響く。寝ぼけているのか、それともワープで脳ミソが崩れたのか。

「兄さん」直也がはっとたじろいだ。「この人は――ちがう。他の人と」

そうだ。たしかにちがう――タクヤは思い出した。以前、正幸少年が保安本部タワーのホールで力を放ったとき、本田だけはそよ風に吹かれたように平然としていた。

「おまえも、能力者か」直人が冷静な声で問う。

「いや、反能力者だ」本田は答えた。

「反能力者?」

「超能力を中和する力があるんだ」直也が言った。

「そうだ。だから、おまえの力は通用しない」

本田はそう言うなり銃を撃った。

パン、パン、パン。銃声が鳴り響く。直人は両者の中間であっさりと銃弾を砕いた。飛んできた蚊をまばたきひとつで潰すようなもの、声も手振りもない。力を使っているようにすら見えなかった。それでも本田は試すように銃を撃ち続けた。

すべての弾が粉となって散り、その手から銃が飛びあがってクシャッと丸まった。本田が唖然として鉄のボールを見たとたん、それは彼の眉間に激しい勢いでぶつかった。

「グッ」本田は後ろ向きに倒れた。

茶番だ。まるで怪獣と直接対決したがる子供のようだ。なぜ、このくらいで直人を倒すことができると思ったのか。

と、倒れた本田が変な声をたて始めた。グフグフと笑っている。頭を打っておかしくなったのか。

「だったら、これだ」

立ちあがった本田は右手を伸ばした。シャキン。その袖口《そでぐち》から鋭いナイフが飛び出す。

「直人、おまえはわたしの攻撃を跳ね返すことはできない。わたしには無力なんだっ」

本田はナイフを前に突き出して突撃した。一瞬、隙をつかれた直人のコートを刃がかすめる。直人はひらりと身をかわし、そして、衝撃波を放った。

「うわっ」

本田は人形のように後方にすっ飛ばされた。背中から鉄筋が露出した柱にぶつかり、無様《ぶざま》に倒れる。タクヤはあっけにとられた。なぜ、今の攻撃が有効だったのか。彼は反能力者ではなかったのか。

「そ、そんなバカな……」本田はうめいた。「わたしは、わたしは力を受けないはず」

「簡単なことさ」直人は言った。「俺のエネルギーが、おまえが中和できる量よりも、ずっと多いってことだ」

本田があんぐりと口を開ける。最終兵器であったはずの彼の唯一の能力は無意味と化した。その恐怖でうろたえた目を見据えながら、直人が怖い顔で近づいていく。虫けらのように彼らを駆除しようとした残酷な支配者のそばへと。

「どうした、俺の力が怖いか」

「や、やめろ」本田は尻であとずさった。「やめてくれ」

「自分が俺たちにしたことを思い出せ。おまえは、ひどいやつだっ」

直人は有無を言わせず力を放った。

「うわあっ」

本田の体が宙を吹っ飛び、ぶち抜かれた壁から玄関の外に吐き出されていく。そして、頭から逆さに地面に落ちた。

「ほ、本部長」

叫びながら駆け寄っていく君枝が見える。本田はもはや動かない。恐怖に顔をひきつらせた彼女がロビーの中の四人を振り向いた。今や保安隊は壊滅状態、中に入る命知らずは誰もいない。君枝はタクヤと目を合わせ、かすかにうなずいた。こうなった今、残る戦力はタクヤとユウヤだけだ。

保安隊はタクヤが直人を駆除することを望んでいる。

タクヤは信じられないほど強くなった直人を見た。体の輪郭にそってオーラが浮き出ているその姿に、戦慄と驚嘆を覚えずにはいられない。そのタカのように鋭い目がこちらを向き、自分とユウヤをとらえた。

「直人」タクヤは警戒しながら言った。「さっき、過去のヴィジョンが視えた。俺たちとおまえたちが重なっていただろ。こいつも俺たちに宿った因果ってやつが原因だ」

「なにが言いたい」直人は低い声で言った。

「もう一度だけ聞く。俺たちの両親のことを知らないってのは、本当なんだな?」

「しつこいわからずやだな。俺も直也も一切記憶にない。関わっていない」

直人の言葉を肯定するように、直也も一歩前に出る。

「ユウヤ、ぼくたちが嘘をついてないのはわかるよね?」

ユウヤの顔が緊張でこわばった。そのジャッジにふたつの兄弟の関係がかかっている。

「兄貴——直人の言葉に嘘はない」

弟の言葉には嘘はなく、弟の視た過去のシーンにも嘘はない。だとしたら、なぜ矛盾が生じているのか。それでも、こいつらを信じるしかないのか。

「……そうか」タクヤは言った。

今は受け入れるしかない。ユウヤがほっとして体の力を抜く。

「兄貴――ありがとう」

だが、タクヤはまだ警戒を解くことはできない。両親の失踪に霧原兄弟が関わっていなくても、もうひとつの大きな問題は残っている。

「奥原晶子はまちがってる」直也が言った。「戦う以外の選択肢があるはずだよ」

「他に解決方法があるというのか？」タクヤは言った。

「ユウヤたちとぼくらの間にある因果がなんなのか、それを知ることができれば、きっと――」

「それがわからなかったらどうなるんだ」

「わかるはずだ、ぼくたちの力を合わせれば――因果の情報は自分たちの中にある」直也は自分の胸に手を置いた。「ぼくとユウヤがお互いにリーディングしたら――」

そのとき、直也の手に映像の乱れのようなノイズが走った。直人の顔色がさっと変わる。見れば、ユウヤの手も同時に薄くなり、肘の方まで大きく裂けるようにノイズが走っている。

「ユウヤッ」タクヤは弟の腕をつかんだ。

「直也、おまえ――いつからだ」

弟の手をつかんだ直人の顔は怒りと恐怖で赤くなっている。今までまったく知らなかったらしい。なんてバカヤロウのボケナスだ。

「ユウヤとつながったのが原因か」直人は弟を引っ張った。

「……そうらしい」直也が仕方なさそうに答える。

ユウヤと直也、それぞれの手の間から、互いの情報を共有しようとするように細かい光の粒子が飛んでいく。このまま反応し続けたら今にも消えてしまいそうだ。

「ユウヤ、リーディングなんか無謀だ、無事でいられる保証はない」タクヤは言った。

「おまえは消滅してしまうんじゃないのか」

「兄貴、頼むよ」ユウヤが懇願する。「俺も直也と同じ意見だ。消滅を防ぐには、パラドクスの原因を突き止めるしかないんだよ」

直也がどう考えようと、奥原の予言は絶対だ。パラドクスを止めるなんて、そんな夢のようなことがあるわけはない。この弟たちはそれに命をかけるつもりか。すでにこんな消滅の予兆が出ている今、もう地球滅亡にまっしぐらだ。タクヤは思わず直人と目を合わせた。

皮肉なことに、敵であるこいつにしか理解のできない思いがある。互いの選択がそれぞれの瞳の中によぎり、一致した。

「直也、すまない」直人はつぶやき、弟の手を放した。

その体を取り巻くオーラがひときわ強くなり、戦いのエネルギーを帯びた髪がザワザワと根元から逆立っていく。

「おまえたちをこれ以上つなげさせるわけにはいかない。これが、俺の選択だ」

「悪いな、ユウヤ」タクヤも弟の腕を放した。「やっぱり俺たちはやりあうしかないようだぜ」

そう言いながら、直人と真正面から対峙する。ぶつかる視線から放たれるスパーク。自分の力と目的がぴたりとハマった感触。体の内から戦いのエネルギーが湧き起こってくる。

「おまえらの存在が破壊を呼び、ユウヤが消えちまう未来が真実なら、俺はおまえらを消すっ」

やめて——弟たちの絶望の悲鳴、それは開戦のゴングだ。タクヤと直人は同時に高くジャンプし、同時に衝撃波を放っていた。

※

ゴオオッ――すさまじいエネルギーのうねりが巻き起こった。

ふたりの力がぶつかり合い、一気に相殺される。直人は残っているビルの壁を蹴り、なおも衝撃波を放った。二発、三発。タクヤも柱を蹴り、同等の力で打ち返してくる。互角。また互角。勝負はつかない。

「兄さんっ」直也の叫び声が聞こえた。

砂埃の向こう、下から並んで見あげている直也とユウヤが霞んで見える。タクヤがカッと目を見開いた。

「ユウヤに近づくなっ」

直人はすばやく弟を半球形のバリアで包んだ。タクヤもユウヤにバリアを張る。互いに大切なものを守る戦い。タクヤと目を合わせれば、むき出しの殺意の視線が突き刺さってくる。どちらかが消えるしかこの勝負に終わりはない。

だが、俺のほうが強い。強いはずだ。直人は全力で衝撃波を放った。

そして、タクヤも。

ドドーン――轟音が響き渡った。ぶつかりあったふたりのエネルギーがトルネードを形成し、ビルの最上階まですべてを破壊しながら上昇していく。屋上から光が噴きあがり、直人とタクヤは打ち上げ花火のように空に放たれた。エネルギーはビルを中心として、さらに輪を描いて外に広がっていく。まるで核爆発のように。

直人は空中でくるりと回ってバランスを取った。噴煙の向こうに直也とユウヤの姿が見えなくなる。だが、弟の存在ははっきりと感じていた。廃ビルが斜めに傾いて崩れ出し、ガラガラと瓦礫が地上に降り注ぐ。保安隊の装甲車が逃げまどっているのが見えた。直人は近くのビルの屋上に着地すると、明かりのまばらなゴーストタウンを見回した。

あいつはどこへいった。

そのとき、ビルからビルへと大きく跳んでくる影が見えた。タクヤだ。直人を見つけ、即座に力を放ってくる。流れ星のようにエネルギーの球が飛んできた。直人はそれを受け止め、投げ返してやる。

バン。タクヤが立っている建物の一角が弾けた。タクヤは攻撃を避け、あっという間に隣のビルへと飛翔《ひしょう》している。直人はそれを追って大きくジャンプし、同じビルの屋上に着地した。タクヤと決闘するように向き合う。ふたり同時に衝撃波を放った。

宙でぶつかった力が空間を揺さぶる。あたりのビルの窓ガラスがすべて割れて吹っ飛んだ。だが、どちらもダメージはない。ふたりは互いに攻撃を繰り出し、宙を跳び回りながら街を移動していった。明かりの多い繁華街に近づいていく。大型ディスプレイに灰谷評論家が映っているのが見えた。

スクランブル交差点だ。

『手を使わないでものを動かすとか破壊するとか、そんなことができるわけがない。それを信じる人は頭の中がどうなっているのか――』

灰谷の寝言が聞こえる。ビルの上に立った直人は向かい側のビルにタクヤの姿を認めながら、無言でディスプレイに力を向けた。

黙れ。

たちまちディスプレイは爆発し、灰谷の姿はかき消えた。すかさずタクヤが力を放ってくる。不意打ちを食らった直人は弾き飛ばされ、傾いたディスプレイに背中から叩きつけられた。地上から悲鳴があがる。それよりももっと大きく驚きの声が。

「嘘、今のなに？」「なんだよあれはっ」

人々の固定概念を打ち砕きながら、直人は地上へと落下していった。

※

兄さんたちが命を削って戦っている。

崩れ落ちる廃ビルから、直也はバリアに包まれたまま兄のエネルギーに引っ張られ、その場を逃れた。戦うことで弟を救おうとしている。そのためには黒木兄弟を消そうとしている。だけど、それが本当に世界を救うことになるのだろうか。

止めたい。なんとかしてやめさせたい。そんな力の使い方はまちがっている。

兄たちの戦いのエネルギーは信じられないほど巨大になっている。だが、たとえそれが愛ゆえであっても、争いの波動は高いとは言えない。だからこそ物質に作用するのだ。そして、高次元の世界にいけばいくほどものごとの実現は早くなる。もし世界を変えたければ、もっと上の周波数が必要なのではないか。未来は多岐にわたっていて、奥原晶子の予言はあくまでも物質世界にこだわった視点からのものだ。パラドクスが起こらないパラレルワールドも、どこかにあるのではないか。だからこそ、岬老人も兄弟を呼び戻したのではないか。

そのとき、頭の中でフラッシュが弾けた。大型ディスプレイに叩きつけられる兄が視える。

「兄さんっ」

気がつくと、直也は瞬間移動していた。通行人からあがる悲鳴。スクランブル交差点を前にして、兄が地上へと落下していく。

だが、直人はしっかりと目を開いていた。地面に向かって力を放って落下スピードをゆるめる。兄の体が浮くと、悲鳴が驚きの声に変わった。

「直也──」兄はくるりと体を回転させて着地した。

斜めの横断歩道を横切って弟に駆け寄ってくる。直也も走り寄りながら向かい側のビルを見あげた。

立体駐車場のビルの上に、自分たちを見下ろしているタクヤの姿がある。冷徹な顔。彼はさっと両手を振り下ろした。

ガラガラガラ──いきなり、ビルの壁をぶち破って三十台ほどの車が雨あられと降ってきた。ミニカーを空からぶちまけたように。

「やべー、早く逃げろっ」通行人がパニックになって逃げ出した。「車が降ってくるっ」

直人が振り仰ぎ、すかさず力を放つ。車の群れが一時停止ボタンを押されたように空中でピタリと止まった。直也の頭上には赤い乗用車が浮いている。ふたりとも無事だ。だが、浮いている車の死角から、突然、タクヤが飛び降りてきた。

「ウオォッ」

不意打ちだ。空中のタクヤから衝撃波が放たれる。車が一斉に落下した。兄は自分をかばいながらジャンプでかわそうとした。足元の地面が砕ける。ふたりは飛ばされ、背中から停車中の配達用バンに叩きつけられた。バンが横転し、車体に巻き込まれそうになる。バンパーで兄が頭を切った。

「兄さんっ」

兄の額から頬へだらりと血が流れる。自分はかろうじて無事だ。タクヤが地上に着地し、バンの後ろに倒れている自分たちの方に近づいてくる。ここでトドメを刺すつもりか。

「兄貴っ」

そのとき、交差点の反対側から声があがった。見れば、歩道のはじっこにユウヤの姿がある。彼もこの戦いのエネルギーに引っ張られてきたのだ。

「頼む、兄貴、待ってくれっ」

しかし、タクヤの足は止まらない。直人は荒い息を吐きながら立ちあがると、バンに力を向けた。ギリギリと音をたてて重い車体が持ちあがっていく。そればかりではない、兄の周囲のアスファルトも割れていっしょに浮きあがる。

「直也、下がってろ——」

ハァッ——吐く息とともに直人はタクヤに向かってバンを投げつけた。アスファルトのかけらも一団となって襲いかかっていく。

タクヤはすかさず左手をかざし、バリアを発生させた。かけらが粉々に砕け、バンが四散する。直人はその後ろからタクヤに向かって突っ込んだ。

バリア突破。もはやなにものも兄の力を防ぐことはできない。直人はタクヤに体当たりをかました。タクヤの体が吹っ飛び、ビルの壁面ガラスに叩きつけられる。

「グッ」

タクヤの顔に切り傷が走った。だが、すぐに体勢を立て直し、ビルの青いガラスを割りながら上昇していく。直人も飛んでそれを追う。ふたりの体は火花を散らしながら飛翔した。タクヤが下を向き、追ってくる直人を衝撃波で弾き飛ばす。

直人は吹っ飛ばされ、反対側のビルに激突した。地上の人々はもはや悲鳴も忘れ、夜空に展開しているこのとんでもないバトルを茫然と見あげている。我が目を疑うように。その中の何人かの手には携帯端末があった。レンズは直人とタクヤに向けられている。

バラバラバラ……ヘリの重い音が近づいてくる。上空に二機の保安隊のヘリコプターが現れ、サーチライトが直人とタクヤを照らした。

「地上のみなさん」ヘリコプターからアナウンスが響く。「民間機がエンジントラブルで墜落し、大規模なビル火災が発生しています。この地域はたいへん危険です。速やかに避難してください」

地上に動揺のざわめきが広がっていく。直也のセンサーが低い地響きをキャッチした。危険なものが近づいてくる。やがてスクランブル交差点を形成している五差路に現れたのは、保安隊の装甲車だ。右からも、左からも、後ろからもやってきて、散乱した車でアスファルトがボコボコになった交差点を囲むようにして停まる。ハッチが開いて武装した保安隊員が次々と飛び降りてきた。

「避難命令だ。半径二キロ以内から速やかに退避するように」

「従わないものは逮捕するっ」

人々はわーっと一斉に逃げ出した。付近のビルからも人があふれだし、我先に駅や地下への入り口へと殺到する。

ユウヤ――直也は交差点の向かい側に目をやった。喧騒《けんそう》の中、彼もじっと自分を見つめている。誰も知らない秘密を共有している存在。いや、もっと深く謎に満ちたつながりのある男。

直也は一歩前に出た。

同時にユウヤも足を踏み出す。シンクロする決意。この無益な争いを止めなければ。ふたりはスタートの合図があったように、一斉に交差点の両側から走り出した。

直也――ユウヤの必死の声が胸に響く。

中間世界の研究所の森でふたりが触れ合ったときには、ユウヤだけが倒れた。それはおそらく、あそこが兄弟のホームベースで、直也のエネルギーのほうが大きかったからだ。

だが、今やふたりの力は対等だ。

ビルの上の兄がはっとこちらを見下ろした。

直也はかまわず走った。兄さん、これがぼくの選択なんだ。ぼくたちの力で兄さんたちを救う方法を見つけるんだ。

駆け寄る。両手を伸ばす。そして、ふたりは互いの顔をつかみ、額と額をつけた。脳をジョイントさせるように。

たちまち第三の目が反応した。強烈な光が放射される。直也は自分の力の可動域が一気に広がるのを感じた。二倍に、十倍にいや、もっと大きく。ふたりのエネルギーがミックスされて渦を巻き、時空間に穴をうがつ。直也はユウヤとともに巨大な量子渦、ヴォルテックスに呑み込まれていった。

※

なんということを——直人はあわてて急降下した。スクランブル交差点の真ん中には巨大なエネルギーの渦巻きが出現している。もはや弟とユウヤの姿はどこにも見えない。横断歩道に転がっていた車が渦から発生する力で木の葉のように弾き飛ばされ、別の一台は渦に巻かれてその中央に呑み込まれていく。まるで異次元モンスターだ。

直人はエネルギー渦に吹き飛ばされないように体に力を込め、手をかざして渦をスキャンした。だが、直也がどこにいるのかまったく感知できない。

「なんだあれは」タクヤが泡を食って降りてきた。「あいつらはっ？」

「俺だってわからない」

弟たちははたして生きているのか。それともすでにチリになってしまったのか。ふたりは同じ痛みを抱えながら暴風の中に立ち尽くした。

これが、世界の終わりの始まりなのか。

ドーン――そのとき、後ろから爆音が轟いた。飛んできた砲弾が渦の中心に命中し、炸裂する。爆煙で渦が見えなくなった。振り向いた直人は、砲身から煙をあげている一台の戦車を見た。

直也――心が叫びをあげる。死んでしまったのか。タクヤも立ちすくんでいる。だが、煙が流れると、そこにはさらにひと回り大きくなった渦があった。火砲のエネルギーを呑み込んだのだ。

「マジかよ」タクヤが声をあげた。

二台、三台、キャタピラが重い地響きをたて、戦車は各道路から次々とやってくる。やがて五台の戦車がスクランブル交差点を取り囲んだ。一台の装甲車のハッチが開き、足を引きずりながら傷だらけの男がよたよたと降りてくる。

本田だ。まだしぶとく生きていたのか。不死身の男の後ろには悪魔の君枝の姿も見える。これだけの国の戦力を動かした、彼らの狙いは明白だ。

集中砲火攻撃。直人と直也、そしてこの得体の知れない渦のモンスターを木っぱみじんにしようとしている。しかし、この中には保安隊のユウヤもいるのだ。

「……直人」タクヤが呼んだ。

今までとはちがう声の響き。振り返ると、自分との戦いで傷だらけになり、頭から血を流したタクヤがこちらを見つめていた。

「俺たちは命をかけて戦った。あいつらは——命をかけてつながったんだ」

「ああ、その通りだ」

「だったら、あいつらにやり遂げさせてやらねえとな」

直人はゆっくりとうなずいた。この異様なエネルギー渦の中でなにが起き、どこに続いているかわからない。だが、自分たちの因果がなにか突き止めると直也は言っていた。ユウヤとリーディングし合えばわかるかもしれないと。

ならば、その決死の選択を信じたい。

直人はタクヤと背中合わせになり、四方から向かってくる戦車に対峙した。ヘリコプターのサーチライトがスポットライトのようにその姿を上から照らす。

「タクヤ——」本田が驚いて眉をあげた。「くそっ、裏切り者め」

保安隊を相手に臨戦態勢になったふたりの体から、強烈なオーラの柱が夜空へと立ちのぼる。弟たちを破壊するもの、それこそが敵だ。

「ずーっと思ってたんだけどよ」タクヤが背中で言った。「おまえ、とんだブラコン兄貴だよな」

人のことを言えるか。直人は笑いをこらえた。その痛い共通項が今、敵味方だったふたりを固く結びつけている。

「それは——お互い様だ」

「ふん、いっしょにすんじゃねぇよ」

戦車の砲身が下がり、ふたりに狙いを定める。左右からも、後ろからも。

「やれーっ」本田の声が響いた。「裏切り者も容赦するなっ」

轟音が轟き、戦車が次々と砲弾を発射する。ヘリコプターからも一斉に弾丸が降り注いだ。

ふたりは戦いを開始した。保安隊の大部隊を相手に。直人はすばやく巨大なバリアを張った。すべての弾丸が空中で止まり、ぽたぽたと落ちる。見れば、タクヤはすでにヘリコプターまでジャンプしていた。たちまち衝撃波で一機を吹っ飛ばす。

空中爆発。炎の花が夜空に広がり、赤く燃えた残骸《ざんがい》がバラバラと降ってきた。

「上だっ」本田が叫んだ。「撃ち落とせっ」

戦車の砲身があがり、上空のタクヤを狙う。戦車のハッチから上半身を出した隊員が機関銃で撃った。タクヤが空中でそれをひらりとかわす。直人は右手からビームを発し、その戦車をおもちゃのように持ちあげた。

「うおぉぉっ」浮きあがった戦車から隊員が転がり落ちる。

さらに左手でもう一台、自分に狙いをつけて撃ってきた戦車を浮きあがらせた。そして、両手をクロスさせ、二台を空中でぶつけ合わせる。

ぐしゃり。重い鉄の塊がひしゃげて爆発する。あらぬ方向に飛んだ砲弾が味方の戦車に着弾し、さらに爆発が起きた。

ダダダ……その直人を狙って空からヘリコプターが銃弾を打ち込んでくる。タクヤがすかさず衝撃波を放った。吹っ飛ばされたヘリコプターが、ビルに墜落して爆発する。

ふたりのコンビネーションは抜群だ。だが、戦いは終わらない。装甲車の機銃掃射が直人を追ってくる。めんどくさい。直人は腕を振りかぶって装甲車ごと転がした。その間に別の戦車が砲弾を発射してくる。先の尖《とが》った砲弾が自分に向かってくるのがストップモーションで見えた。

直人はそれを手でむんずとつかみ、ラグビーのボールのように投げ返してやった。戦車から火柱があがる。さらに、狙いをつけてきた一台を浮かせ、それもボールのように上空に放り投げた。

「タクヤーッ」

上からタクヤがパスを受けるように応じる。

「おうっ」

タクヤは戦車に向かって急降下し、カカト落としで真っぷたつに切り裂いた。戦車は半分になってふっ飛び、本田が立っている横のビルに次々とぶつかる。ゴールが決まった。直人の隣にタクヤがスタンと降り立ち、不敵な微笑みを浮かべて目を合わせてくる。思いがけない快感が直人の体を通り抜けた。

向かうところ敵なし。とてつもない能力を合体させたふたりは、今や史上最強のコンビだ。

「な、なんという強い力だ——」

もはや戦闘可能な保安隊員は残っていない。顔を引きつらせた本田の頭上へ、燃えた戦車の部品がオレンジ色の雨のように降ってくる。本田は足を引きずって逃げようとした。

「た、助けてくれ——」

血走った目が直人の目と合う。たとえ視線が合わさっても、互いに見えている世界は永遠にズレている。本田のいびつで偏狭な世界観は自らが仕掛けた戦いによって滅びるときがきたのだ。直人の冷たい視線の先で轟音とともにビルが崩れ落ち、本田の姿はあっという間にその下に見えなくなった。

6

多次元の入り口が開いた。

エネルギーの渦に呑み込まれ、洗濯機に放り込まれたようにぐるぐると回りながらユウヤは悟った。なぜ、そんなことが自分にわかるのか。今までの人生がマルチ画面となって押し寄せ、フラッシュバックする。自分の記憶ばかりではない、直也の記憶、家族や友だちの記憶、他人の意識、歴史的な出来事……ありとあらゆる場面が砂粒ひとつひとつに映るようにめまぐるしく視えた。何兆個もの細胞によるオーケストレーション。神経チャンネルから大量の信号がなだれ込んでくる。電磁波が放たれ、意識は限りなく拡大し、すべての生物の持つ普遍的な記憶にアクセスしていた。

これはＤＮＡの記憶だ――ユウヤは突然理解した。まるで神のような意識。無限のビッグデータ。記憶というものは、元はひとつしか存在しないのだ。

自分は宇宙。

そう感じたとたん、急に視点が変化した。無数の記憶の中の小さなひとつに吸い寄せられていく。

誰かがシクシク泣いていた。子供の泣き声だ。聞いているだけで胸に痛みが伝わってくる。その子はいじわるな声に囲まれてずたずたになっていた。人の心の奥底にしまい込まれた悪意が、誰にも聞こえないはずの本音やののしり、欲望や絶望の声が、その子供には全部聞こえてしまうからだ。

能力があるために。

かわいそうに、能力があるということは、なんて悲しいのだろう。なぜそんな能力を持って生まれたのだろう。

直也――。

目が開く。自分という意識、ひとつの体を持っているという感触が戻ってくる。目の前の暗闇に浮かぶ地球が見えた。宇宙からの視点の、母なる星。だが、その美しいアースブルーは濁《にご》った赤黒い光に侵食されていた。

崩壊だ。地球は東半球の方から燃え尽きたボールのようにボロボロと崩れ、宇宙のチリと化していくところだった。

うそだ。こんなことになるなんて、なぜ。

激しい悲しみが押し寄せてくる。許されない、耐えられない、これだけはあってはならない。そのとき、隣に直也が同じように浮かんで地球を見ていているのに気づいた。涙でいっぱいの苦しげな瞳がこちらを向く。

ユウヤ――。

※

直也は宇宙から絶望の地球を見ていた。人間が発するネガティィビティに包まれた母なる星、ガイア。恐怖、不安、悲しみ、欲望……汚染の量が多すぎて、浄化システムが追いつかない。本来なら植物が浄化してくれるはずなのに、人間は愚かにも緑を減らし続けている。それでもなんとかここまで持ちこたえ、生き延びてきた。

しかし今、ガイアは目の前で崩壊しかけている。それは、ふたつの兄弟のパラドクスがもたらすものなのか。

一瞬後、直也はユウヤとともにどこかの荒野に立っていた。廃墟となったビルが点在する、文明が破壊された荒んだ街。砂漠と化した風景には埋もれた戦車や武器が転がっている。動く生き物はどこにもない。地平線に砂嵐の壁がそびえたち、すべてを飲み込みながらこちらに押し寄せてくるのが見える。このわびしい世界すらも、もうすぐ消滅してしまうのだ。

直也の胸に、隣に立つユウヤの悲しみがひたひたと伝わってくる。ふたりの絶望——それはガイアの深い絶望と連動していた。

どうして、この世界はこんなに苦しまなくてはならないのか？

なぜ、人間は傷つけ合うのか？

人の持つ負の力は、なんのためにあるのか？

ぼくたちはどうしてこの世界に生まれたのか？

問いに答える声はない。この世界の最後の光景を見つめながら、ふたりは無念の涙を止めることができずに立ち尽くしていた。ふたりがつながることで高い共鳴領域に達したが、結局、なにも止めることができなかったのだ。

「俺たちはまちがっていたのか」ユウヤが言った。「因果を断ち切るなんて無謀だったのか」

無力——その精神的拷問の中で、兄を思う。地上に生まれた点と点。ふたりの固い結びつきも世界の崩壊の前では無意味なのか。それどころか、その要因になってしまうのか。

直也は泣き濡れた目でユウヤと視線を合わせた。意識が互いに流れ込み、地上でのふたりの人生がフラッシュバックする。

ヘリコプターから見下ろす黒木兄弟、ミサイルを見あげる霧原兄弟。

研究所の森で対峙する二組の兄弟。

保安隊の突撃、ダイナーで初めて出会った瞬間。

オモチャ工場で遊ぶ霧原兄弟、ルーレットを回す黒木兄弟とその両親。

そして、あの日が浮かぶ。

ソーダ水に薬を入れる霧原兄弟の両親と、黒木兄弟の両親。その悲しい姿がオーバーラップするように重なった。

ふいに、直也の視点がぐらりと揺らいだ。今まで視えていなかったものが急に視えてくる。

あそこが——あのときが——あのときに生まれた思いがすべてのターニングポイントだ。

シュワッ。凝縮された愛が弾け、白い気泡がふたりを包んだ。

7

突然、ソーダ水を注がれたように頭の中に白い泡が発生した。

なんだ——タクヤはたじろいで直人を振り返った。直人も驚いた顔で頭に手をやっている。今、同じものが視えたのだ。ふたつの兄弟をつなぐ、あの白い泡の記憶が。

エネルギー渦の色が急に変わり、シャンパンイエローの光の柱が中心から天へと立ち昇っていく。おそらくこの反応を起こしているのは、弟たちだ。

「くっ」

タクヤの指先に痺れが走る。見れば、弟を蝕んだ忌まわしいノイズが自分の手にも出現していた。直人が無言でこちらに向けてかざした右手も同じように。自分たちにも消滅が始まっている。それは、世界が崩壊に向けて刻々と進んでいる証拠だ。早くなんとかしない間に合わない。

ふたりは決意を宿した目を合わせ、エネルギー渦に挑むように近づいていった。足元に口を開けている恐ろしげな巨大な渦巻き。どこに続いているのかわからない迷宮のトンネル。だが、この向こうには弟たちがいる。

行かなければ。このままでは地球は消滅する。

「行くぞ、タクヤ」

「おうっ」

ふたりは一斉にエネルギー渦に向かってダイビングした。

とたんに体が強烈な流れに持っていかれ、上も下もわからなくなる。金色の炎のような渦巻き。解析不可能な大量の記憶が襲いかかってきて、自分が把握できない。どこにいるのか、どこにいくのか、生きているのか死んでいるのか。

そして、激しい衝撃とともに白い泡が弾けた。

※

シュワワワ……白い泡に取り巻かれ、あたりが真っ白になる。

宇宙空間に放り出されていた直人は、ふいに自分を取り戻した。消えかけていた意識がひとつの人生に焦点を当てる。名前がある。体がある。俺は霧原直人だ。

泡の向こうに直也が視えた。そして、タクヤとユウヤが。四人は無数の白い泡の世界を漂っている。記憶のクラウドだ。泡のいくつかが球形のスクリーンになり、共有された記憶が映し出された。

「仕方ないんだ」父親の霧原幸彦《ゆきひこ》の声がする。「仕方ないんだよ」

母親の直美《なおみ》の泣き声が聞こえる。それはソーダを勧める母親の姿に変わる。

「直人、直也、ソーダ入れたよ」

「タクヤ、ユウヤ、ソーダ入れたよ」

黒木祐子と霧原直美の声が重なる。そして、黒木貴光と霧原幸彦、二組の両親の顔が。

ソファの上には眠っている直人と直也、タクヤとユウヤ。

「本当に正しいのか？　あなたにこの子たちを預ける、こんな方法しかないのか？」

霧原幸彦の苦悩に歪んだ顔。車に運ばれていく幼い直人と直也。

「そうです。今、この時代においては……」

うなずいているのは御厨だ。

保安本部のピラミッドルーム。

黒木貴光と黒木祐子が奥原晶子の入ったカプセルの前にいる。

「予言者はおっしゃった。タクヤとユウヤが覚醒するのは、時間の問題だと。すぐにあなたたちの手には負えなくなる」

両親と話しているのは、見知らぬ男だ。どうやら彼は本田の前任者らしい。

「ふたりをどうするというんですか」祐子が尋ねる。

「保安本部の管理下におく」

「そんな、まだ六歳と十二歳ですよ」

「拒んだら、どうなるんでしょうか？」貴光が言う。

「奥原のシェルターで生き延びたあなたたちの口から、そんな言葉が出るとは。四人とも、抹殺することになる。この世界の未来のために」

「抹殺？　それは死刑ってことですか？」

「そんな言葉は使いたくない」

息をのむ両親。男は小さな薬瓶をふたりの前に置く。

「睡眠薬だ。ふたりに飲ませなさい」

怯えた両親は薬瓶を持って退出していく。

奥原の脳波が急に乱れ、モニターに数字やアルファベットが現れる。解析された言葉がモニターに映る。

『あの親たちは、殺せ』

タクヤとユウヤの衝撃が直人に直接伝わってくる。両親の失踪は保安隊に仕組まれたものだったのだ。記憶の共有はさらに過去にさかのぼる。

研究所の森、結界のロープの前で泣く直也。

御厨の腕の中で消えていく直人。

それに重なるように赤ん坊の産声《うぶごえ》が響く。

ベッドに横たわった祐子と、うれしそうな貴光。

「タクヤ、タクヤ、あなたの名前はタクヤよ」

またちがう産声が聞こえる。

六歳になったタクヤがベビーベッドの赤ん坊を見つめている。

「タクヤ、あなたの弟よ、ユウヤっていうの」

「ユウヤ――」タクヤのうれしそうな顔。

白い気泡が一斉にざわめく。それひとつひとつが運命を抱えているように。四人は衝撃を受けた顔を見合わせた。

「……転生?」直也が呆然として言った。

「そんな――」ユウヤも驚愕している。「俺たちはおまえたちが転生した人間だというのか?」

「俺たちは、二〇一四年に研究所に引き取られた」直人が言った。

「それは、俺の生まれた年だ」タクヤがうなずく。

四人の胸に奥原晶子の言葉が蘇る。霧原直人と霧原直也、黒木タクヤと黒木ユウヤは同時にこの世界に存在してはならない――直人はやっとパラドクスの意味がわかった。

おまえは俺。

俺はおまえ。

ふたつの兄弟は、同じ魂がちがう世界にそれぞれ分離した存在だった。これが因果の正体だ。

「だから――ぼくたちはつながったんだ」直也は感慨深いまなざしでユウヤを見つめた。

弟たちは互いを自分の一部のように感じていた。それはある意味事実だったのだ。そして、直人も自分の分身と戦った。だからこそ互角だったのだ。

「両親は──俺たちの命を助けるために薬を盛ったんだ」タクヤがつぶやいた。「そうするしかなかったんだ」

「ああ、この制限された世界で能力を持って無事に生きるには、その道しかなかったはずだ」直人はうなずいた。

「おまえたちは……最初から覚醒していた」ユウヤは言った。「おまえたちのたどった道、思いがわかった。あんなに苦しいなんて……おまえたちの両親も、どうしようもなかったんだ」

黒木兄弟の両親は奥原晶子の予言で我が子たちの運命を知らされた。いつかは能力が覚醒すると。能力者が駆逐されてしまう社会において、その力を持つことが許されるのは保安隊だけだった。ピンポイントでそこにしか生きる道は残されていなかったのだ。彼らの両親に選択の余地など皆無だった。自分たちの両親が御厨に未来を託すしかなかったように。

温かく子供を包み育むことだけが愛情ではない。我が子を生き延びさせるために自ら睡眠薬を盛り、眠っている間に手放すという選択。非道にも見えるその苦しくも切ない行い。それこそが、両親の究極の愛情だったのだ。それはどんなに悲しく、どんなにつらい行いだったろう。

だからこそ、今、四人は生きている。

それがわかったとき、ずっと忘れられなかった白い泡の記憶、子供心に深い痛みとともに刻まれた直人の記憶が変わった。行いとは、動機がすべてだ。たとえ忌まわしい行為でも、その動機が愛であれば許されなければならない。両親の避けられなかった選択を知り、その愛情の深さを悟ったとき、長い間積もっていた痛みはもがくように変容していった。尽きせぬ感謝の思いへと。

「……俺たちが出会わなかったら、両親の思いは伝わらなかった」ユウヤは涙ぐんだ。

四人が抱え続けていた恨みや寂しさが昇華していく。その波動は瞬く間《またたくま》に、トラウマの象徴であった泡の世界へと広がった。白い気泡が小さくなってふわりと軽くなり、キラキラ輝く気流となって飛んでいく。

「……取り残された地球の人を救う、か」タクヤが言った。「おまえたちが背負った役目ってやつは、とてもじゃないが受け入れがたいものだったはずだ。俺たちはそれをなんにも知らず、いや、知ろうともしないで任務を遂行するだけだった。おまえたちを虫けらみたいに駆除しようとしたんだ。しかもそれは、どっちかの兄弟が消えなきゃいけねえっていう、生き残りゲームになっちまった」

「……しかし」直人は言った。「真相を知ったところで、この因果は断ち切れるようなものではない」

四人はこわばった顔を見合わせた。奥原の言う通り、同一の存在が同じ次元にとどまるとパラドクスが起きる。小さな綻《ほころ》びならいいが、兄弟たちのエネルギーはあまりにも大きすぎ、深く地球とつながっている。その存在を左右するほどに。どちらかが引かなくては消滅はまぬがれない。

「くそっ」タクヤが顔を歪めた。「なんでここまできて——」

「いや、もういいんだ」直人は言った。

みんなが怪訝な顔で自分を見る。解けない謎の答えを探すように。その答えは地上ではなく、この場所にあったのだ。

「俺はもう、自分の分身と戦うなんてごめんだ。この世界に必要なのは、おまえたちだ」

直人は黒木兄弟にそう言って、弟を見た。

「俺たちはもう、この世界に残る理由はない」

※

兄さんの目はあくまでも静かだった。それがとても重大な決断とはわからないほどに。

直也はゆっくりとうなずいた。

「ぼくたちの役目は、あなたたちと出会い、互いの魂を共有することだったんだ」

黒木兄弟は変わった。自分たちと出会い、戦ったりつながったりしたことによって経験値や情報量が増え、バージョンアップされている。保安隊に命じられるまま、自分たちを駆除するために銃撃してきた彼らはもういないのだ。これからは罪なき人たちと無益な戦いをすることはないだろう。覚醒した能力を正しい方向に使えば、狂った世界の方向性を変えることができるはずだ。

「ああ、俺たちの記憶や願いは今、おまえたちに託された」直人は言った。「転生した自分の、歪められた世界観は修正されたんだ。だから俺たちはもう、必要ない」

「……でも、それって」ユウヤが心配そうに言った。「おまえたちが消えてしまうってことじゃないのか?」

当然の質問だ。タクヤも気に入らなそうに眉をひそめている。

「心配するな」直人は言った。「本来いるべき世界へ戻るだけさ」

「そうだよ」直也も微笑んだ。

今いるこの場所は、直也とユウヤが結びつくことによって生まれた多次元ポータルだ。つまり、あらゆる時間と空間につながっている。

「ここからならどこへでも行ける。ぼくたちが移動すれば、パラドクスがなくなって、世界の消滅も止められるはずだ」

ユウヤがほっとしたようにうなずいた。この異空間ができたおかげで因果の謎が解け、霧原兄弟の次元移動も可能になった。結局、彼はタクヤとは反対のやり方で世界を救ったのだ。

「ま、そういうことなら」タクヤは頭をかいた。「仕方ねぇか」

「なんだ」直人が言った。「まだ言いたいことがあるのか」

タクヤはぶすっと腕を組んで横目で直人を見た。

「なんか納得いかねえんだよな、おまえのほうが先だってのが。そっちが本家本元か？」

ユウヤが呆れたように兄を見る。直人と直也が思わず笑い出し、四人の明るい顔が初めてそろった。その陽の感情が伝わったように気流がますます輝きを増す。

「……もう、会うこともないか」直人がぼそりと言った。

ひとつの役目が終わりを告げ、ふたりの勇者は顔を見合わせた。驚いたことに、憎まれ口を叩いていたタクヤが兄に手を差し伸べてくる。

「タクヤ」直人は戸惑いながら握手を受け入れた。「俺に言えるのは、役目には痛みがともなうってことだけだ」

と、タクヤはその手をグイと乱暴に引き寄せ、しっかりと直人の体をハグした。

「やってみせるさ」タクヤは言った。「俺を誰だと思ってる」

別れの痛み——それが自分の分身ならなおさらのこと。直也はユウヤと黙ってハグを交わし合った。正しい決断が下された今、恐ろしいノイズはもう起きない。抱き合ったふたりのヴィジョンの中で、崩れかけた地球が時間を巻き戻したように再生していった。

「……ありがとう」耳元でユウヤの囁きが聞こえた。

名残惜《なごりお》しく手を離し、四人は自分たちの分身から遠ざかっていく。キラキラした気流が兄と直也を囲み、優しく渦巻いた。

直也とユウヤがそれぞれのベクトルを持ったため、ふたりから生まれたエネルギー反応が弱まりヴォルテックスが小さくなっていく。淡い光のベールの向こうに、たちまち黒木兄弟の姿は見えなくなった。


ふたりはしばらく黙って白い世界を歩いた。

直人は少し先に立ち、彼らへの思いを振り払うようにずんずん歩いていく。直也は黙ってその背中を追った。あの研究所の森の小道を歩いた子供のころのように。だが今、ふたりの前に道は見えない。

本当は、どこに行くのかわからない。新しい地球に帰れるのかどうかも。

ひとつだけわかっていることがある。どこへ行っても、何度生まれ変わってもふたりはいっしょだということ。そして、新しい生に至る道はすべての役目を果たしたときに現れるのだ。花が咲き実が成熟して地面に落ち、種から芽が出てまた花が咲くように。

そのとき、直也の前でひとつの気泡が大きくなり、視たことのないヴィジョンが映った。

破壊された収容所や更生部屋から逃げ出す人々。

怒りの声とともに、政府のプロパガンダを映したディスプレイが引きずり下ろされる。

放送局を取り囲んで抗議の声をあげる若者たち。

駆けつけた保安隊が見えない力でなぎ倒されていく。

ビルの上に立ち、平和なスクランブル交差点を見下ろしているタクヤとユウヤ。


未来だ。だが、そのヴィジョンはどんどん薄くなり、シャボン玉みたいにパチンと弾けてしまった。まだ固定化されていない。それが三次元に現実化するにはなにかの要素が足りないのだ。


「兄さん」直也は声をかけた。「ぼくたちのもうひとつの役目がわかったよ」

直人が立ち止まり、弟を振り向く。それがなんなのか、口には出さなくても兄にはもう伝わっている。黙ってうなずく兄の顔には、また戦いの決意が見えていた。

今ならばそれができる。地図のある一点から別の一点にピントを移すように、このヴォルテックスの中にいるこのときならば。この世界が閉じる前にそのターニングポイントに行かなくてはならない。

なぜ、兄は戦う力を持って生まれたのか。

それは、この地球にはまだ、戦わなければ守れないもの、どうしても変えられないものがあるからだ。神々の剣が罪を滅ぼすためにあるように。不必要な者は生まれない。必要だからこそ、それを持って宇宙に生まれさせられたのだ。

ユウヤはずっとそのシーンを予知で視ていた。自分たちがこの行動を起こすとも知らないうちから。直也はそっと目をつむり、修正すべき過去の一点を目指した。

8

目を開けると、そこは暗い地獄だった。切れた電線から飛び散る火花が、絶望的状況を断片的に見せてくれている。見回す限りコンクリートの瓦礫の山だ。

本田は埋まっている。首に鉄骨が載り、太い柱に下半身がはさまれて動けない。横目で見ると、背中の下には血溜《ちだ》まりができていた。十階建てのビルが自分に向かって倒壊してきた恐ろしいシーンが脳裏に蘇る。逃げ遅れて生き埋めになったのだ。

助けを呼ばなくては――彼は左手首につけた腕時計型携帯端末を使おうとした。

「うっ」

激痛が走る。見れば、手首も端末機器も砕けている。誰かここに自分がいることをわかっているのか。君枝はどこにいるのか。あの直人と裏切り者のタクヤのおかげで保安隊はほぼ壊滅状態だった。

「……誰か——誰か助けてくれ」

ため息ほどのかすれ声しか出ない。鉄骨が喉《のど》を潰している。このままでは失血死だ。だが、自分はどんな目にあっても生き残った不死身の男。きっと助けがくるはずだ……と自分に言い聞かせながら、本田はまたしても気を失った。

そのままどれくらいの時間が経過しただろう。コツン、と頭の上で小さな音がした。

本田は朦朧としながら目を覚ました。できれば病院で目覚めたかったが、まだ地獄のシーンは継続している。と、暗がりの向こうでなにかが動いた。

黒い服。やっと救助隊がきてくれたのか。一気に生きる希望が湧いた。コツン、コツン……なにかを叩くような音が近づいてくる。やがて斜めに倒れかかった柱をくぐり、杖《つえ》をついた人間が姿を現した。

「本田」

本田は心臓が止まりそうになった。そこに立っているのは、奥原晶子だ。黒いツバ広の帽子をかぶり、喪服のような黒いドレスを着ている。これは亡霊か。自分はもう死んでしまったのか。

「どうやら大丈夫ではなさそうだね」奥原は言った。「……だが、世界の消滅は防げたようだ」

ぼうっとした頭にその意味が染み込んでいく。では、霧原兄弟は死んだのか。保安隊を裏切ったタクヤとユウヤは、もし生きていたとしても極刑だ。

「本田、礼を言う」奥原は優雅な仕草《しぐさ》で帽子を脱いだ。「この世界のために、よく働いてくれた」

おほめの言葉――弱った本田にそれはカンフル剤のように効いた。今まで保安本部本部長として乗り越えてきた数々の難局が蘇る。誰にもその苦労をわかってもらえなくても、予言者はちゃんとそれを見ていて評価してくれた。思いがけず大きな喜びが湧き起こる。

やはりわたしは選ばれし者だ――。

思わず深く息を吸い込んでしまい、心臓がズキンとした。痛みのあまり奥原の姿がだんだん霞んでいく。そのシワ深い顔がエフェクトをかけたように急に若くなった。ほうれい線が消え、白髪が黒くなって長く伸びていく。気がつくと、絶世の美女がそこに立っていた。

美しい……本田は薄闇に輝くその白い顔に見惚《みと》れた。一度でいいから若いときの奥原に会いたいと思っていた。これは幻影だ。死ぬ前に夢が叶ったのだ。

と、着ていた黒いドレスが色を失い、形を変えていく。それはみるまに保安隊の戦闘スーツに変わった。長い髪に赤いメッシュが入っていく。

君枝……？　本田は我が目を疑った。ハイヒールブーツで瓦礫をまたぎ、君枝が近づいてくる。彼女は焦る様子もなく、ゆっくりとかがみ込んで本田の体を調べ始めた。触られている感触がある。ということは、これは現実だ。その手が本田の首に載った鉄骨をぐいっと引っ張ってずらした。

「ゴ、ゴホッ」本田はやっと声が出るようになった。「き、君枝、瓦礫にはさまれて動けない。救急隊を呼べ、早く」

これで助かった——本田は安堵のあまり泣きそうになり、目をつぶった。やはりわたしは不死身の男なのだ。

「下半身が潰れています」君枝の冷静な声が聞こえた。「この状態では保安本部本部長は続けられません」

目を開けると、表情のない彼女の顔が自分を見下ろしていた。なんだか様子がおかしい。

「救急隊を呼べと言っているだろう」

「それに、あなたは反能力も失ってしまった。もう利用価値もありません」

「なんだと」

君枝はジャケットのポケットに手を入れた。やっぱり助けを呼んでくれるのか——と思ったら、その手が取り出したのは携帯端末ではなかった。

拳銃《けんじゅう》だ。

「だったら、死にたくなるのも無理はないわね」

わたしを殺すつもりか——本田は息をのんだ。君枝は自分が育ててやったようなものだ。自分たちは波長も合った。こいつの裏切りだけはありえない。正しい物質世界を維持するために、君枝とならば理想的な関係が作っていけるはずだ。

「や、やめろ、君枝、恩を忘れたのか——」

「最後に憧《あこが》れの人に会わせてあげたじゃないの」

あれは幻覚ではなくてマインドコントロールだったのか。奥原晶子への想《おも》いを見抜かれ、こんなにやすやすと部下に翻弄されるとは。

だが、君枝は銃を撃とうとはしない。やっぱり思いとどまってくれるのか……と思ったら、銃を自分の服で拭って指紋を消し、微笑みながら本田の右手に握らせてくる。

チャンスだ。君枝を殺すなら今しかない。撃て——。

しかし悲しいかな、彼の体はもうすでに自分のものではなかった。

腕が勝手に持ちあがっていく。冷たい銃口がピタリと自分のこめかみに当たった。万国共通、自殺のポーズだ。

「頼む、やめてくれ——」

口で発する言葉とは裏腹に、むらむらと強烈な欲望が湧き起こってくる。我慢ができないほど強く、強く。

死ネバ楽ニナル、死ネバ楽ニナル、死ネバ楽ニナル――。

「安心してお眠りなさい」君枝はにっこり笑った。「奥原の意志は、わたしが引き継ぐ」

バン。本田の指はついに欲望に屈して引き金を引いた。

※

瓦礫を乗り越えて表に出ると、都会の空から雪が降っていた。もう五月なのに？　君枝は不思議に思って上を見あげた。

雪ではない、白い泡だ。細かい気泡が粉雪のように都会に降り注いでいる。道端に座り込んでいる負傷した保安隊員が陶然と空を見あげていた。傷だらけの顔にぽつぽつと白い粒がついて光る。その顔は幸せそうにゆるみ、苦痛も戦意もなくなっていた。

おぞましいエネルギー渦はもう消えている。スクランブル交差点は戦争のあとのようにめちゃくちゃになっていた。白い気泡はその破壊されたすべてのものを優しく包み込むように降っている。バラバラになった戦車に、血を流して倒れている戦士に、横倒しの装甲車に、ひび割れたアスファルトに、燃えているビルに。

都会全体の空気が変わっていた。

君枝は自分の長い髪についた気泡を手ですくった。手のひらの上で、それは光となって溶けていく。見たことのない物質。なにか温かいものを肌に感じる。なんだろう、この気持ちは。たった今、人を殺したばかりの心に、言葉にできない感情がこみあげてくる。今まで手が届かなかったもの、ないと思っていたもの。その核に触れているような気がする。このまま、ここに立ち尽くしていたい。なにも考えずに。なにも求めずに。

「ノー」

しかし、君枝はそれを強く振り払った。毅然と頭をあげ、瓦礫をブーツで踏みつけながらスクランブル交差点を対角線上に歩き出す。ひざまずいて祈っている人や、泣いている人には目もくれずに。

奥原晶子の低い声が自分の内側から響いてくる。自分の心の声として。奥原は今や、君枝の中に確固として存在していた。

君枝はそのとき、はっきりと悟った。予言者はこの自分に転生したのだと。

だまされるな、振り向くな、立ち止まるな、方向を見定めろ。

おまえの「前」がどっちにあるか、それはおまえだけが知っている。

第七章

1

土の匂いが鼻をつき、タクヤを混沌の世界から現実へと目覚めさせた。目を開けると緑の草が見える。白い気泡の世界から帰ってきたその目に、植物のグリーンは今まで見たこともない色のように鮮やかに映った。身を起こし、満月に照らされた夜の森を見回す。なんと美しい世界だろう。こんな惑星に俺は生まれてきたのか。

風にそよぐ木々のシルエット、柔らかい草のカーペット。梢《こずえ》の向こうに大きな洋館が見える。反対側を見ると、こちらに背中を向けて弟が倒れていた。

「おい、ユウヤ――」タクヤははい寄っていった。「起きろ」

うーん、とユウヤが子供のように伸びをして目を覚ました。タクヤを認め、その顔が安堵にゆるむ。

「……兄貴」

「どこだ、ここは」

ユウヤは起きあがって空気を読むようにあたりを見回した。その横顔が少し大人びて見える。すぐに答えが返ってきた。

「あいつらがいた研究所だ。ここに重なるようにして中間世界があったみたいだ」

直人と直也との邂逅《かいこう》が胸に蘇る。他の人間と隔離され、こんな山奥で孤独に育った兄弟。生まれつき覚醒していた彼らのつらい人生に思いを馳《は》せずにはいられない。ふたりは立ちあがり、夜の闇に包まれた洋館に近づいていった。古い建物はボロボロに朽ち、崩れ落ちる寸前だ。

「現実のこの研究所にあいつらがやってきたのは、二〇一四年だった」ユウヤが言った。

「次の日すぐに新しい地球に旅立っていったけど」

「で、俺が生まれたんだよな」

「ああ、その十二年後、御厨によってまた中間世界の研究所に呼び戻されたんだ。岬老人もそこにいた。あいつらがまた三次元に下ろされたのは、ひとつの概念が破られたあの夜だ。そして……俺たちと出会った」

今や昔話のようだ。そう語るユウヤの体にもタクヤの体にも、もうノイズは走らない。それは霧原兄弟がこの世界から去った証《あかし》だ。心に安堵よりも寂しさの風が吹く。

しかし、なぜ、ここに自分たちは飛ばされてきたのだろう。

タクヤは洋館の玄関ポーチの階段をあがり、ステンドグラスの飾り窓のあるドアを開けて中をうかがった。ひび割れたガラス窓、はがれた壁紙が人の手のように垂れさがった廊下……キモ試しにはうってつけの場所と化している。廊下の床板にはあちこち穴が開き、小動物の巣ができているようだ。危険なので中には入れない。ふたりは建物の外を回り込んでいった。

つる草がはびこる崩れた壁、ハゲ落ちた塗装。角部屋には人が潜り込めるくらいの大きな穴が開いている。中をのぞき込むと、かすかにタバコの匂いがした。

書斎のようだ。ほこりだらけのデスクの上の割れた地球儀、入れていた古い本が下に落ちた本棚、床中に散らばる茶ばんだ書類。

「見て」ユウヤが黒板を指さす。

ふたつの地球の図と計算式が書かれている。おそらく次元移動に関する計算だ。タクヤの胸に、まるで歴史的な遺跡でも発見したような感慨がこみあげてきた。

ここは御厨の書斎だ。すべてはここから始まったのだ。

「……あなたたち」

そのとき、背後から女の声がした。飛びあがって振り向くと、廃墟をさまよう白い亡霊……ではなく、ひとりの女性が立っていた。白いフードジャケットにジーンズ、手には小さな懐中電灯を持っている。ほんのりとした灯りに浮かびあがるその顔から推測すると、年齢は四十代ぐらいか。見たことがない女だ。

「……直人と直也?」女は光をこちらに向けてきた。

「ちがう」タクヤは答えた。「あなたは?」

彼女は残念そうにため息をついた。

「わたしは友枝麻理子《ともえだまりこ》。ずっと御厨先生の元で働いていた。そうね、直人と直也のわけないか。歳がちがいすぎるし、保安隊に入ってるわけないし。でも、あなたたちを見たとき、おんなじ感じがした」

「おんなじ感じ?」

「わたし、あの子たちがここにきた日に、一度だけ会ったの。それなのにふたりのことは忘れられない。あんな子たちは見たことなかった。なんていうか……半分人間じゃないみたいな」

俺たちもそんな感じがするのだろうか。タクヤは怪訝そうな顔をしている弟を見た。オーラが大きくなって体の輪郭が光っているが、普通の人の目にはそれは見えないだろう。それでも人は、たとえ視覚で見えてなくても本能的にオーラの強さを感知する。

「なぜ、あなたはここに?」ユウヤが訊いた。「なにをしてるんですか?」

女がひとりでこんな時間、こんな不気味な廃墟にやってくるなんて、よほどの事情と根性がなければあり得ない。

「ここにやってくるふたりのために準備をしておいてくれって、ロシュコフに言われたのよ。今日の夜までに」

それは俺たちのことか。自分たちも岬老人の予言に含まれていたとは驚きだ。ロシュコフはロシアの超能力開発センターで、予言に従っていた御厨の仲間だ。ということは、二組の兄弟の葛藤《かっとう》も対立も、その予言には織り込み済みなのか。岬老人は四人が殺し合うことなく、正しい選択をできると信じて――いや、確信していたのだ。

「準備って……なんですか？」

ユウヤの問いに、友枝麻理子は森の出口の方を懐中電灯で指さした。

「車よ。監視システムをくぐるためのプログラムがセットしてあるから、安心して。はい、これ」

彼女は銀色に光るキーを差し出してくる。タクヤは戸惑いながらICチップが内蔵されたキーを受け取り、その顔を間近に見た。自分のしていることに迷いのない表情。さすがは御厨の元スタッフ、こういう気性でなかったらとても超能力研究所なんかでは働けなかっただろう。

「さあ」友枝はうながした。「行きなさい」

タクヤは弟と顔を見合わせた。もう保安隊には二度と戻れない。保安本部は行方不明になった兄弟を今ごろ必死に探しているだろう。ふたりの行き場はどこにもないのだ。

「どこへ。どこへ行けというんだ」

その行き先も予言されていればいいんだが。俺たちの行くべきところ、やるべきこと、これから起きることも。しかし、友枝麻理子は残念そうに首を横に振った。

「それは、わたしにもわからない」


つまり自分で考えろということか。タクヤとユウヤがふもとに続く山道を歩いていくと、行き先もわからないふたりのために最新タイプの白い乗用車が待っていた。タクヤがキーのボタンを押してドアを開ける。

「すげえ」タクヤは思わずつぶやいた。

いそいそと運転席に乗り込むと、車内のインパネが淡いグリーンの光を放つ。ユウヤが助手席に座り、あたりを見回しながら過去の情報を読んだ。

「直也たちも、ここから車で出発したんだ」

ドアを閉めると森のざわめきが遠くなる。ふたりの前には舗装されていない一本道が延びていた。遠くの方は闇に溶けて見えない。

スタート地点の不安ときめき。ここから新しい旅が始まるのだ。

「行くぞ」タクヤは言った。

自動運転モードにした車はガタガタと山道を下っていった。やがて街灯りがぽつぽつ見え、道路がアスファルトに変わる。タクヤはかつて同じ道を通った直人と直也の存在を感じていた。レコードの溝を針でなぞることで音が再生するように、魂を共有した彼らがたどった軌跡が蘇ってくる。

ドライブイン〈スティンガー〉——店の明かりは消え、閉店していた。だが、ガラス窓に映り込むようになにかの映像が見えた。超能力を否定され、ウィスキーボトルを破裂させた直人。店中の人間の隠された秘密をリーディングしてしまった直也。これは過去だ。タクヤは直人の視点でプレイバックしている。

「ユウヤ、視えてるか？」

「ああ、あいつらの過去を追体験している。直也の視点だ」

霧原兄弟の苦悩が自分のことのように伝わってくる。車はスティンガーをあとにして東京に向かって走り続けた。過去の再生は止まらず、脳のスクリーンに勝手に流れてくる。華園高校での連続自殺騒ぎ、正幸少年の捕獲、テレビ局襲撃——タクヤとユウヤはそれらの事件をすべて、反対側の立場から追体験していた。ものごとの両面を見ろ、となにかが示唆するように。直人たちが自分たちに転生したことによってこの現象は起きているのだ。

まるでちがう出来事のようだ、とタクヤは思った。

自分の情報量が膨《ふく》れあがっていくのを感じる。保安隊として戦うタクヤと、管理されることに抵抗して戦う直人。戦う者たちにはどちらも事情がある。どちらにもそれぞれ正義がある。だが、一方的な視点では世の中は統治できないし、むやみに反体制側として戦っても平和にならない。平和な世の中を実現するには、多角的な広い視点とバランスが必要なのだ。しかし、一度の人生で把握することには限界があり、両面を見るのは困難だ。だが、今、ふたりはふたつの視点を同時に体験していた。この視点こそ、あいつらが置いていった最高の宝だ。そして、偉大なる予言者・岬は、そこまで見越して霧原兄弟を取り残された世界に呼び戻したのだ。

広い視野を持ったタクヤとユウヤという人間を作り、この地球に新しい時代をもたらすために。

※

東京にたどり着いたユウヤは、車の中から初めて来た場所のように窓の外に流れる都会を見つめていた。おびただしい情報と経験で視点が変わり、ひと回り大きくなってこの世界を把握している。まちがいなく自分は前より進化していた。

直人と直也のおかげだ。二組の兄弟が重なったため、彼らの正義も、自分たちの正義も両方とも体験することができた。両極端の視点は、単に情報量が二倍になるだけではない。

統合。それは新しい波を生み出し、共鳴する。おかげでこの地上にいても力のアクセス領域が広がっているようだ。そして、自分の中にふたつの視点を持った今、理想の世界を求める気持ちはさらに強まっている。いつか、不必要な境界線をなくした世界を作ることができるのだろうか。こんなことを考えること自体が、自分でも信じられない変化だ。

車はロシア軍戦闘機墜落事件の処理で封鎖された渋谷を避け、検問に引っかからないように走っていく。遠くの方にそびえたつ保安本部タワーが見えた。今のユウヤの目に、それはもはや牢獄《ろうごく》に見える。偏った世界観に洗脳された人生。保安隊の裏切り者であるふたりは、もう身も心もあそこには戻れない。戻りたくもなかった。

やがて、見覚えのある夜間営業のレストランが近づいてきた。

ダイナー——破壊された窓ガラスはすでに修復され、店は元通りに営業している。タクヤが駐車場に車を停め、エンジンを切った。

「あいつらと出会ったところだ」

兄貴と直人が初めて戦った場所。あのときの自分たちはなんと未熟だったのだろう。それから何度も戦い、傷つき、ワープし、ついには異次元まで飛ばされたが、結局、誰も死ななかった。

あいつらと出会えて、よかった。

直也の瞳を思い出す。あの澄んだ星のような瞳を。そのとき、都会の明るい夜空に小さな流れ星が横切るのが見えた。それはユウヤにだけ見えたものなのか。同時に、頭の中に光が走った。


見たことのない街、見たことのない店。

振り向く母親。カウンターの向こうの父親。

宝物のありかのように地図上の一点が光る。


「——兄貴」ユウヤは声をあげた。

「なんだ、ハンバーガーでも食べたいのか」タクヤが疲れた声を出す。

「わかったよ、父さんと母さんのいる場所が。俺たちの両親は、生きている」

タクヤの顔からたちまち疲れが吹っ飛んだ。

2

『……昨夜、渋谷でアトラクションのリハーサルが無断で行われた件で、一部のネットサイトで超常現象が目撃されたとのデマとともに映像が流れていますが、専門家の分析の結果、すべてがフェイク映像であることが判明しました』

走る車の中、ユウヤは運転席に座り、隣のタクヤはダッシュボードに足をあげて頭の後ろで腕を組んでいる。窓の外には郊外の風景が流れ、やがて山の割合が多くなってきた。昨夜、車の中で一夜を明かしたふたりは、まだ暗いうちに東京から脱出していた。

「やれやれ」タクヤはため息をついた。「すべてなかったことにされてるぜ」

相変わらず露骨なフェイクニュースだ。ユウヤがパネルにタッチしてチャンネルを変えていったが、渋谷のスクランブル交差点で起きた戦闘はどこにも報道されていなかった。

「だけど、あれだけデカい事件が隠し切れるのかな?」ユウヤが首をひねる。「建物も派手に破壊されたし、死傷者の数も多いだろ」

「ああ、だけど、ほとんどが保安隊員だ。一般人の映像は全部押さえられてるだろうし、デマ拡散でまた見せしめ逮捕者が出るだろう。それで他のやつらは口をつぐむ」

やりきれない。タクヤと直人の超能力バトルを目撃して、脳内の幕があがったように目覚めた連中も、結局はなにもできないのだ。今までのように保安隊が強大な力を持つ限り。

『……ロシア北部、ヴォルクタ自治区で起きた民族紛争は終息に向かっているようです。この件について、いかがですか灰谷さん』

『まあ、大陸の民族紛争は、わたしたち日本人には理解のできない事情がありますから』出た、政府のお抱えコメンテーター、灰谷裕一郎。タクヤはパネルを蹴飛ばしたくなった。この男がマスコミに重宝されているうちは世の中なにも変わらない。

「なにが民族紛争だ」ユウヤがぶつくさ言った。「理解のできない事情じゃなくて、理解のできない現象があったんだ。ヴォルクタからロシア軍の戦闘機が日本にワープして渋谷のビルに突っ込んだのに」

「まあ、この件に関しちゃ、まともに解明できるやつはいないだろう。今ごろ日本政府はロシアとの折衝で駆け回ってるさ」

『……続いて訃報《ふほう》です。今朝早く、国家保安部特務部隊本部長、本田大輔氏の遺体が自宅で発見されました。現場の状況から、急性心不全と見られています』

本田の陰険そうな顔がアップになる。ユウヤが息をのんだ。

「おいおい、そりゃないだろう」タクヤは声をあげた。

あの戦いの最中、戦車がぶち当たって倒壊するビルに呑み込まれていく本田を目撃した。しかし、そもそもないことになっている戦いで死んだとは報道できない。真相は永遠に闇の中だ。

『惜しい人物を亡くしました』灰谷が悲しげにコメントする。『本田氏の存在なくして、今の秩序立ったすばらしい社会は実現しなかった。ご冥福《めいふく》をお祈りします』

ニュースはすぐに次の天気情報に移り、本田の死はあっという間に忘れ去られていった。

タクヤは国家保安部に翻弄された自分たちの人生に思いを馳せた。幼いときに両親の手から奪われ、使い勝手のいい駒《こま》のように利用され、好きなポジションに置かれてきた。国にとっていちばん有効な位置に。そこから逃げ出した今、今度はどこに立つのが正解なのだろう。もし両親に会うことができたら、このやるせない憎しみも消えるのだろうか。

車は一路、日本海側に向かってひた走っている。海と山に囲まれた地方都市、金沢。そこに両親が住んでいるのだ。

どうしてそんなところにいるのかわからない。自分たちのことは覚えているだろうか。不安と緊張を隠したふたりを乗せた車は、午後になってようやく金沢に入った。城跡もあれば新幹線も通っているこの都市には、新旧入り混じった独特の雰囲気がある。しかし、駅前の道路で信号待ちをしていたふたりが聞いたのは、街に響くいつものアナウンスだった。

『……物理的に不確かな事象にすがることはやめましょう。超常現象、精神エネルギー、空想上の人物や物語など、これらを題材にした商品全般、図書やデータなどの製造販売、流布することを政府は固く禁じています。もし、身近に思想犯罪者の心当たりがある場合、速やかに当局にお知らせください――』

どこへ行ってもこの束縛からは逃れられない。地方であっても東京と変わらない、息の詰まるようなこの地で、両親はどうやって生きているのか。車はユウヤの視た地図のルートをたどり、市街地を抜けて海辺の小さな街へと向かっていく。

「もうすぐだ」ユウヤがうわずった声で言った。「兄貴、もうすぐだよ」

3

今日の夕焼けはとってもきれい。店の出窓に飾ったステンドグラスのアンティークランプをつけながら、黒木祐子は海の方に目をやった。あまり人の来ない海の博物館が見える。その近くにある商店街は、〝ゴッドウィル〟以降、半分以上の店のシャッターが下りている。夫婦でやっている小さな店は、そのいちばんはずれにあった。

〈アンティークショップ・PAST〉

一階が店舗、二階が二LDKの住居、海側に広いバルコニーがある。裏には小さな庭があり、ささやかな菜園でトマトやゴーヤなどの栽培や、四季の花々を楽しんでいた。大きな家ではないけれど、夫婦ふたりならこれで充分だ。

店は正直、繁盛しているとは言えないが、今日は珍しく掘り出し物探しの外国人観光客がきている。イギリスから日本の城を観《み》にきたという背の高い若者。夫の貴光は流暢《りゅうちょう》な英語で対応していた。若者は古い手巻き式の腕時計に魅せられ、あれこれ迷って試着している。一日一回、ゼンマイを巻かないと動かなくなる、そこが魅力だ。

わたしも一日一回、思い出のゼンマイを巻く。過去が錆《さ》びついてしまわないように。

金色の海に真っ赤な夕日がじわじわと沈んでいく。こんな遠いところまで流れてくるとは思わなかった。十五年前、この目立たない観光地に夫婦は導かれてきたのだ。

「ありがとうございました」

やっと決まったブロンズの腕時計をうれしそうにはめて若者が店を出ていく。祐子はガラスドアを押さえて笑顔で送り出した。本日の売り上げはこの一個だけ。それでも売れただけまだマシだ。

もう今日は店じまい。ドアノブに下がっているプレートを『CLOSED』にひっくり返そうとしたとき、後ろから誰かが近づいてくる足音がした。お客さんだ。祐子は笑顔のまま振り向いた。

「よかったら、どうぞご覧に――」

体がすくんで声がフェードアウトする。そこには、保安隊の制服を着たふたりの男が立っていた。

母さんだ。ユウヤはひと目見てわかった。目尻にシワができて、顔がふくよかになっている。だが、まちがいなく母親だ。店の中からは、髪に白髪が混じった男が、少し固い表情でこちらを見ていた。父さんだ。ユウヤは子供のように泣きそうになった。十五年間夢見ていた再会の瞬間がやってくる。

※

父さん、母さん、会いたかった——。

「いらっしゃいませ」父親が引きつった顔に愛想笑いを浮かべた。

だが、なにも起こらなかった。ユウヤは声もなく立ちすくんだ。母親は保安隊の制服姿のふたりに警戒の目を向けてくる。

「なにか、事件でも？」

この制服を恐れているのだ。自分たちの顔がわからないのか、忘れてしまったのか。

ユウヤは唇が震えないように、ぐっと嚙《か》みしめた。いったいなにを期待してたんだ、ひと目見て我が子とわかり、「ユウヤッ」と叫んで駆け寄って抱きしめてくれることか。

「すみません、全然そんなことではなくて」兄がやっとのことで声を出した。「あの、珍しいお店だなと思って——」

「ああ、ええ、どうぞお入りください」

あくまでも接客態度の母親にうながされ、ユウヤは兄の後ろからぎこちなく店に入っていく。そのとたん、無数の音のさざ波にふわりと包まれた。

コチコチコチ、チクタクチクタク……時を刻む時計の音。たくさんの古い時計が棚や壁にずらりと並び、それぞれが音程のちがう音を立てている。骨董品《こっとうひん》になってしまったアナログ文字盤の大時計、木製の壁掛け時計、鳩《はと》時計、振り子時計……タイムスリップしたような不思議な空間だ。四人はそこで十五年の時を隔《へだ》てて向かい合った。

「……いろいろなやつがあるんですね」兄が緊張をこらえた声で言った。

「アナログ時計ですよ」父親が穏やかな声を出す。「なかなか味があるでしょ」

「いつごろのものなんですか？」ユウヤは訊いた。

本当はそんなことどうだっていい。ただ、父さんと言葉を交わしたいだけだ。

「一九〇〇年前後のものから、いろんな時代のものをそろえてあるんですよ。ゼンマイじかけなんです」

「ゼンマイ？」

聞きなれない言葉だ。父親はにこりとして、ショーケースから銅製の懐中時計を取り出した。

「ほら、これがゼンマイですよ」

丸いふたを開けて中を見せてくれる。ユウヤはそばに近づいてのぞき込んだ。時計よりも父親の指ばかり気になる。心臓のように規則正しく動くギザギザの歯車の下に、小さなカタツムリのような渦巻きがあった。

「こんなふうに一日一回はゼンマイを巻かないと、時を刻まなくなっちゃうんだ」

父親の指が豆粒ほどのつまみをつまんで器用に回し始める。知らないことを教えてくれる父親。ユウヤは胸を震わせてその声を聞いた。どんなにこんな普通の親子関係を求めていたことだろう。

「不便だが、いいこともある。毎日毎日、ゼンマイを巻くことで、この時計への愛着が生まれる。毎日、少なくとも一度は時計のことを思うんですよ。電子時計ではそうはいかない」

兄がかすかに震える手で懐中時計を受け取る。母親は微笑みを顔に貼りつけ、黙ったままふたりを交互に見つめていた。

「このお店は、ずっとご夫婦で?」タクヤがさりげなく母親に訊いた。

「ええ、見ての通り、小さな店ですから」

母親がそう答えながらユウヤを見る。目が合うと心臓が跳ねあがった。母さん、ユウヤだよ。目の前にいるのはタクヤだよ――。

そのとき、カウンターの後ろに飾られた小さな額が目に入った。古物商の標識だ。ユウヤは目を細めて細かい字を読んだ。政府が発行したもので、許可番号と氏名などが記されている。

坂口龍二《さかぐちりゅうじ》――。

「……名前がちがう」

タクヤが弟の囁きを聞きつけた。標識に目をやって啞然とする。父親の名前が変わっている。いったいどういうことだ。どこかで自分たちの現実と時間軸がズレてしまったのか。

両親は自分たちのことを覚えていない。

「ユウヤ、大丈夫か」

兄の声で我に返る。覚えていなければ、生まれていないのと同じことだ。ここに来た意味なんかない。

「ユウヤ、っていうんですか?」母親が言った。「そちらのあなたは?」

「……タクヤです」

父親と母親は顔を見合わせた。ふたりにしかわからない情報がその視線の間を行き来する。

「……わたしたちの子供も、タクヤとユウヤでした」母親がぽつりと言った。「生きていれば、あなたたちとちょうど同じくらいになる」

「え?」タクヤが声をあげた。「生きていれば……?」

「遠い昔にね」父親がうなずいた。「ふたりのことは、一日だって忘れたことはない」

「ええ、ずっと、いっしょにいたかった」母親が涙ぐむ。

俺たちもだよ——思わず叫び出しそうになる。ずっと会いたかった。やっとやっと会えたのに、どうして——。

「子供たちはどうなったのかわからない。奪われてしまったんです」父親はそう言ってふたりを見つめた。「——保安隊に」

ユウヤははっと身をすくませた。兄も凍りついている。時間軸がズレたのではない。保安隊の制服は両親にとって敵を意味する。この会話は兄弟の意図を知るための、ふたりの演技なのかもしれない。

「——あの、実は」タクヤが意を決したように口を開いた。「俺たちは——」

そう、今こそ本当のことを話さなければ。自分たちはあなたたちの子供だと。保安隊として来たのではないことを。俺たちは、ただ会いにきただけだ。ひたすら会いたくて、会いたくて——。

そのとき、店の空気が揺れた。入り口のドアが開き、潮の香りのする冷たい風が流れ込んでくる。入ってきた客に目を向けた母親が、はっと怯えた顔になった。

振り向くと、保安隊の制服を着た君枝が立っていた。

※

「やっと現れた」君枝はいかにも退屈していたように言った。「待ってたのよ」

待ち伏せされていたか。この女もこの場所を感知していたんだ——タクヤは君枝を睨みつけた。弟と君枝の意識フィールドは、もはやつながりすぎている。おそらく君枝はユウヤのヴィジョンを盗み見して行き先を探ったのだ。

「——君枝」弟がなにかを感じたように目を見開いた。「本部長を殺したな」

君枝はうっすらと微笑んだ。まるで謙虚に隠していた手柄を言い当てられたように。

「そのほうがあなたたちにも都合がよかったでしょ」

優しい時計の音をカツカツとブーツの音で破りながら、君枝は四人の世界に乱入してくる。両親は警戒もあらわにカウンターの奥にあとずさった。

「今さら俺たちに、なんの用だ」タクヤは言った。

「ずいぶんな言い草ね。今、この世界があるのはわたしのおかげでしょ」

「なんだと、どういう意味だ」

君枝は芝居じみた動作でゆっくりと腕を組んだ。凄《すご》みのある眼差しがタクヤを貫く。

「わたしは選ばれたの。この世界を守るために。予言者亡き今、この混乱の世界に再び道を示すのは、わたしの役目」

まるで奥原晶子のコピーだ。もともと偉そうな女だったが、さらに迫力が増している。

タクヤはふと思い出した。奥原の中間世界の悪趣味な部屋で、予言者と君枝を見まちがえたことを。そう考えてみれば妙に存在感が似ている。

「おまえ、まさか――」

「……転生?」ユウヤのつぶやきが聞こえた。

君枝は奥原とそっくりに口を曲げてニヤリと笑った。自分たちが霧原兄弟の転生した存在であったように、奥原晶子は君枝に生まれ変わったのか。やっかいな存在は転生してパワーが衰えるどころか、さらに磨《みが》きがかかっている。

「この世界を立て直すには力がいる」君枝は命令口調で言った。「タクヤ、ユウヤ、わたしといっしょに来なさい」

「保安本部に戻れっていうのか?」

「そうよ、救世主さん。この世界の存続には、秩序をコントロールする組織が必要なのよ」

本田本部長亡き今、この女は自分の思い通りの世界を作ろうとしている。タクヤは震撼した。ロシアの基地でマインドコントロールを使って反乱を起こさせた女なら、日本の政府官僚を操るぐらいお手のものだろう。

「ちがう」ユウヤが声をあげた。「秩序に必要なのは強制じゃない。今までのような精神エネルギーをかたくなに否定するやり方は、世界を無理矢理歪めてしまう。いろんな人の思いを受け止めることのできる世界、そのための秩序を作り上げるには、恐怖や戒律こそなくさなくてはいけないんだ」

「無駄よ」君枝は首を横に振った。「人間というものは、他者の考えや思想を完全に共有するようにはできていない。行きすぎた共感は、自我の崩壊につながる。だから適度な障壁が必要なの」

「適度な障壁？　聞いて呆れるぜ」タクヤは言った、「がんじがらめの牢獄しか作ってねえじゃねえか」

「そこが牢獄とわからなければ、水槽の中の小さな世界も快適なもの。所詮《しょせん》、人間なんて、その程度の弱い生き物なのよ。あなたたちだって、とっくに理解してるはず」

タクヤは愕然として君枝の言葉を聞いている両親を見た。君枝にとっては、彼らも小さな水槽の中の弱い人間なのだ。そして、その人生をグッピーでも扱うようにコントロールした。

「哀れよね、家族って」君枝は不愉快そうに顔をしかめた。「わたしは家を出てくるとき、両親の記憶からわたしのことを消してあげた。おかげでくだらない感情に縛られずに済んだわ。あなたたちみたいに」

ユウヤの顔に隠しようのない軽蔑が満ちる。奥原晶子も共感力が欠如していた。人間として致命的な欠陥だ。だが、自分こそが優れていると信じている者に、おまえはまちがっていると言ったところで、おかしいのはそっちだと笑い飛ばされるだけだろう。

「俺たちはおまえとはちがう」タクヤは低い声で言った。「そのちがいがなにか、おまえには永遠にわからない」

カウンターの向こうの両親と目が合う。自分たちは、君枝が忘れてしまったものを忘れなかった。忘れてはいけないものを忘れなかった。どんなときにも、それは引っこ抜けない根っこのように自己を支えていた。つながりという、人間に最も大切なものの源がそこにあったからだ。

「くだらない寝言」君枝はサッと髪を振った。「いいからさっさと戻ってきて」

「断る」

タクヤの断言が響く。弟が強くうなずいた。

君枝の眉が吊りあがり、顔に赤みがさす。彼女が奥原から受け継いだのは能力や正義ばかりではない。そのプライドの高さもだ。

「そう」君枝は目を細めて両親と店を見回した。「これがあなたたちの大事なものだってわけね。それにしても、よくこれほどまでに強い力を身につけたものね、ユウヤ」

「なんのことだ」ユウヤが言った。

弟に能力トレーニング指導をしていた君枝は先輩だ。しかも奥原の転生した存在だと自覚した今、彼女の自信はマックスまで高まっている。わけのわからない顔のユウヤに、君枝は哀れむように言った。

「気づかないのも無理ない、か。ここはね、あなたたちの両親を求める強い願いが、ユウヤの力を通して生んだ幻影よ」

「そんなわけない」ユウヤが声をあげた。

タクヤは思わず店を見回した。これが幻影のはずはない。だが、君枝は残念そうに首を横に振る。

「あなたが視ていたあの夜のヴィジョン、あれは偽物よ。両親が失踪したとき、霧原直人と直也がいたとかなんとか。こんな形で真実を伝えたくなかったけど……」

君枝が念ずるようにまばたきをする。その瞬間、アンティークショップは掻《か》き消え、過去のワンシーンが現れた。


黒木家のリビングルーム。人生ゲームのボードとコマが床に散らばっている。

ソファに血まみれで倒れているのは、父親と母親だ。ふたりとも絶命している。

恐怖で歪んだ目を開いたままの死体。

「うわあああっ」

返り血を浴びて叫んでいるのは、タクヤ。発狂しそうなその顔。

『十五年前のこの日、あなたたちの力が暴走し、両親の命を奪った』君枝の声が響いた。

『この事件であなたたち兄弟は心を閉ざし、自らの記憶を封じ込めたのよ。保安本部は、両親を国家反逆者とし、行方不明になったと記録した。幼いあなたたちの心を守るためにね』

ワナワナと震えているタクヤ。十二歳の子供に襲いかかってくる重い罪の意識。

その両手から両親の血が滴り落ちる。

「俺が……殺した……？　父さん、母さんを――」

俺が全部ぶち壊した。嫌だ、嘘だ、発狂する――。

恐ろしく凄惨《せいさん》な過去が襲いかかってくる。タクヤは死にたくなって頭を抱えた。

これが現実だ。最初から家族は終わっていたのだ。両親の店なんかどこにもない。すべては願望が見せた幻だった。俺は親殺し。もうおしまいだ――。

「ちがうっ」幼いユウヤの叫び声がした。

小さな両手が兄を揺さぶっている。タクヤははっとして弟を見た。

まっすぐに見つめてくるその目に、涙はない。

「お兄ちゃんはこんなことしてない。これは嘘だ、嘘だよっ」

これは嘘——必死の声がタクヤの胸の奥まで届く。

「目を覚ませっ」

凜とした声とともに、たちまちリビングルームがフェードアウトした。

「目を覚ませ、兄貴っ」

アンティークショップでユウヤが自分を揺さぶっている。時計の音が耳に届く。その安らぎの音とともに現実が蘇ってきた。古い時計たち、カウンターの中から見つめる両親。そして、唇をかんでいる君枝。

「……あっぶねえ」タクヤはうめいた。

こっちが現実だ。危うく君枝のマインドコントロールにやられかけたのだ。まだ心と体が震えている。血の臭いがするほど強烈な幻影だった。

「残念だったな」ユウヤが君枝と向き合った。「俺は直也とつながって、バージョンアップしたんだよ」

その顔にはしたたかな強さがみなぎっている。弟は一秒たりともコントロールされなかったのだ。

「おかげで自在に心に鍵がかけられるようになったんだ。おまえに教わったように。俺にはもう、マインドコントロールは効かない」

君枝はいきなり銃を抜いた。殺人鬼の形相で。タクヤが立ち直るより早く、母親に駆け寄ってそのこめかみに銃を当てる。

「祐子っ」父親が叫ぶ。

「わたしの命令に従いなさいっ」

その瞳の中に敗北は見えない。奥原の正義がぎちぎちに詰まった脳、それはもはや狂気だ。目的のためなら手段を選ばない、この女なら本当に撃つ。タクヤにとてつもない怒りが湧きあがった。これ以上家族を踏みにじられてたまるか。人生を翻弄されてたまるか。

おまえにそんな権利はない。

怒りが燃えあがる。自分の怒りだけではない、ユウヤの、父親の怒りが。それはひとつになって店を揺るがした。ふいに店中の時計が一斉に叫びをあげる。

リンゴーン、ジリリリリ、ボーンボーン——時計たちは狂ったように鳴った。高い音、低い音、小窓から白い鳩が飛び出す。激しい騒音に君枝がたじろいだその一瞬、タクヤは力を放った。

女の腕がねじ曲げられ、その手から銃が弾き飛ばされる。銃の引き金を引く間もなく。

体はダーツが的を目指すように正確に入り口のドアに向かって吹っ飛んだ。ドアをぶち破り、君枝はなすすべもなく表まで転がっていく。破壊されたのはドア一枚だけ、店の中のものはなにひとつ被害がない。ユウヤの足元に丸まった銃がコロコロと転がった。

コントロール抜群だ。

タクヤは両親の驚愕の視線を感じながら、君枝を追って外に出ていった。このままあの女を生かしておいていいのか。ここでトドメを刺すべきなのか。弟が息を切らせてあとを追ってくる。

「君枝……？」

海風が立ちすくむふたりの髪をかき乱す。赤黒い夕焼けの光に、ガラスの破片がきらめいている。だが、君枝の姿はどこにもなかった。逃げたのか。それとも消えたのか。

「もういい、タクヤ、ユウヤ」そのとき、父親の声が響いた。

振り向くと、店の入り口に父親と母親が立ち、まっすぐに自分たちを見つめていた。弟も信じられない言葉を聞いたように振り向く。

「すまない」父親が言った。「おまえたちが保安隊になりきっているかどうか判断できるまでは、本当のことが言えなかった」

タクヤの全身が震えた。ふたりとも我が子とだとわかっていたのだ。

※

「タクヤ、ユウヤッ」

髪をふり乱した祐子が泣きながら店の外に走り出て息子たちを抱きしめた。しゃくりあげる妻の背中が涙で見えなくなる。貴光は感涙にむせびながら三人に近づいていった。もうためらうことはない。タクヤとユウヤは保安隊を捨てたのだ。

ふたりの肩に震える手を置く。ふたりとも立派に成長した。自分より背が高い。自分よりたくましく、賢く、強くなった。そして、能力が覚醒していた。洗脳も解けている。こんな息子たちに会える日が本当にくるとは。

「すまなかったな——本当にすまなかった……」

激しい後悔の日々。あのとき、保安隊に子供を渡す以外の道はなかったのかと自問し続けた十五年間。死にたいと思ったこともある。だが、その果てには再会が約束されていたのだ。

「ごめんなさい……ごめんなさいね」

涙を流す母親に抱かれ、ユウヤが六歳の子供のように泣きじゃくっている。その隣でタクヤはぐっと涙をこらえていた。十五年前と同じだ。タクヤはそういう子だった。いつも強がって、軽口を叩いて、弟を守っていた。本当は誰よりも傷つきやすいのに。そのかたくなな背中から心の震えが伝わってくる。

「許してくれ。保安隊の命令に逆らうことはできなかった。子供を殺すと脅されて……」

「父さん――」タクヤはうつむいている。

「保安隊はわたしと妻も殺そうとしていた。彼らに追われる身になったとき、レジスタンスの仲間たちが逃亡を助け、痕跡《こんせき》も完全に消してくれた。ちょうどそのころ、ここに住んでいたメンバーの老夫婦が亡くなって、彼らの遺志により身分証とこの小さな店を引き継いだんだ」

「そう、わたしたちは生き延びた」祐子が涙に濡れた顔をあげた。「あの夜――不思議な兄弟に命を救われて」

息子たちがはっと顔をあげる。

「兄弟？」

祐子は涙を拭《ふ》きながらうなずき、顔にかかっていた髪をかきあげた。額の左側から髪の生えぎわにかけて薄い傷跡がまっすぐ走っている。

「これはそのときに負った傷。コップが割れて破片が飛び散ったの。あの兄弟、知らない人たちなのに、どこかであったような気がした」

貴光は決して忘れられないそのシーンを思い出した。

リビングルームのソファで眠っている幼いタクヤとユウヤ。

我が子に薬を盛ったのは自分たちだ。妻はまだ泣いている。

テーブルの上にはボードゲーム。小さなコマやお札が散らばっている。

「仕方ないんだ。ふたりを救うためだ」

そのとき、いきなり黒いコートの男が入ってくる。

「兄さん――」

引きつった顔で弟らしき男が駆け込んでくる。

「ターゲット発見っ」

その後から怒濤《どとう》のように乱入してくる保安隊員たち。躊躇なく祐子に銃を向ける。

約束がちがう。最初から親は殺すつもりだったのだ。

「やめろーっ」貴光は叫んだ。

祐子の悲鳴が響く。その瞬間、兄が力を放った。

保安隊が全員吹っ飛び、ソーダ水の入ったコップが弾き飛ばされる。

割れたコップの破片で額を切る祐子。

「大丈夫ですかっ」

駆け寄っていく弟。差し伸べられる手。

保安隊員たちはあちこちで血を流して倒れている。

息子たちの顔色が変わった。あの兄弟を知っているのか。あのときから貴光はずっと考え続けている。彼らは誰だったのか、いったいどこから来たのか。

今でもふたりの姿ははっきりと思い出せる。兄の目はどこか憂いを帯び、弟は繊細で傷つきやすそうだった。そして、ふたりとも不思議な魅力を放っていた。

「お兄さんは……保安隊を撃退してくれた。目に見えない力で」祐子はタクヤを見あげ、その手を握った。「さっき、あなたが使ったような力。そして、弟さんは怪我をしたわたしを助けてくれた」

「ああ、そして、わたしたちに重要なことを教えてくれたんだ」

「重要なこと?」タクヤが言った。

「兄のほうが言ったんだ。奥原晶子が言った通り、やがてタクヤとユウヤは強い能力者として覚醒すると。そのときもし、一般社会にいたらたいへんなことになる、だから保安隊に入れるしかないのだと」

「あの兄弟は……自分たちは能力を持っていたためにたくさんの苦しみを体験してきた……そう言ってたわ。でも、もし保安隊に入れなかったら、それよりもつらいことになるだろうって」

今のタクヤとユウヤはあの兄弟と比べてもたくましく見える。親としてなによりもつらかったのは、まちがった世界観に洗脳されてしまうことだった。だが、保安隊といういびつな巣の中で、その毒に染まることなく成長することができていた。

夫婦がレジスタンスとつながる道を選ぶのは必然だった。正常な社会を取り戻すために、子供たちにまともな世界を残すために。だが、抵抗勢力は微力だった。保安隊の力は強大で、レジスタンス仲間は次々と捕らえられ、あるいは処刑された。人々の思想はがんじがらめに縛られていくばかりだ。このままなにもできずに、この海辺の街で年老いていくしかないのか……そう思っていたところに、こんな立派に成長した息子たちが現れた。

救世主──あの女はバカにしてそう言っていた。だが、本当にこれからなにかが変わるかもしれない。

「最後に、あの兄弟はわたしたちに約束してくれたんだ。あなたたちが互いに求め続ける限り、それが叶うと。生きていれば必ず、またタクヤとユウヤに会える日がくると」

それを信じ続けた日々はもう終わった。今、ついにそれは現実になり、四人は互いを目の前にしている。その体温を、息づかいを感じている。いっしょに生きていける。

夢のようだ。

「……直人と直也だ」ユウヤが泣き濡れた顔でタクヤを見た。「俺の視たものは本物だった。あいつらは、あいつらは最後に、この世界から消える最後に、俺たちの願いを叶えてくれたんだ――」

※

タクヤは泣いた。

弟には決して見せなかった、十五年分の涙。それはあふれだすともう止まらなくなった。父親に抱きしめられながら、母親に手を握られながら、タクヤはとうとう終わったのだと知った。

自分たち家族の長い試練の旅が。

「どこへ――」タクヤはむせび泣きながら訊いた。「あいつらはどこへ行ったんだ?」

父親は過去の光景を思い出すようにじっと目をつむった。

「……ふたりは黙って消えていった。静かに、夜の中に」

※

そのとき、ユウヤにはふたりの姿が視えた。両親の記憶を通して、深い闇の中に去っていくふたりの後ろ姿が。

静かな微笑みをたたえ、コートをひるがえし、柔らかい髪をなびかせた兄弟が。
この世界を振り返りながら、またどこかへと歩き出すふたりが。

兄さん、と直也が呼ぶ。視えたよ。
新しい流れが生まれ、古い勢力は消えていく。
タクヤさんとユウヤが波紋を起こす小石になるんだ。
それは、地球の制限をはずす起点だ。
自由になって笑ってる人たちが視えた。
なにかを書いている唯さんも見えたよ。

そうか、と直人が応《こた》える。よかったな。

兄さん、ぼくたちがやるべきことは終わった。
そして、やっと、新しい道ができたよ。
新しい地球に向かう、ぼくたちの道が。

直人が立ち止まり、弟を見つめる。信じられないように。

行こう、直也。俺たちも出発だ。

直也はうなずき、長いまつ毛に縁取られた目をそっと閉じる。

ふたりの姿が青白い星になり、ひとつに溶け合う。

その瞬間、宇宙にまた新しい点が生まれた。

END

この作品は書き下ろしです。

講談社タイガ

〈著者紹介〉

飯田譲治（いいだ・じょうじ）

1959年長野県生まれ。映画監督、脚本家。脚本を手がけた主な作品に『あしたの、喜多善男』（2008）、監督を務めた映画に『らせん』（'98）『アナザヘヴン』（2000）など。

梓 河人（あずさ・かわと）

愛知県生まれ。著作（飯田譲治との共著）に『アナン、』『盗作』など。単著に『ぼくとアナン』。

NIGHT HEAD《ナイトヘッド》 2041（下）

2021年9月15日　第1刷発行　　定価はカバーに表示してあります

著者……………………飯田譲治《いいだじょうじ》　協力 梓《あずさ》 河人《かわと》

発行者……………………鈴木章一

発行所……………………株式会社 講談社

〒112-8001 東京都文京区音羽2-12-21

編集03-5395-3510

販売03-5395-5817

業務03-5395-3615

KODANSHA

本文データ制作…………講談社デジタル製作

印刷……………………豊国印刷株式会社

製本……………………株式会社国宝社

カバー印刷………………株式会社新藤慶昌堂

装丁フォーマット………ムシカゴグラフィクス

本文フォーマット………next door design

ISBN978-4-06-524459-3　N.D.C.913　314p　15cm

講談社
タイガ

NIGHT HEADシリーズ

飯田譲治　協力 梓 河人

NIGHT HEAD《ナイトヘッド》 2041（上）

2041年東京。18年前に起きた空前絶後の惨事〝ゴッドウィル〟により、世界人口は三分の一に減っていた。保安隊に属する黒木タクヤ・ユウヤ兄弟は、政府の方針——超能力者の否定により能力者を追っていた。任務中、黒木兄弟は特殊能力を持つ霧原直人・直也兄弟に出逢い、自分たちの記憶と同じ過去のビジョンを共有していると気づき、戦慄する。カルト的人気を誇った衝撃作が蘇る！

講談社タイガ

保坂祐希

大変、申し訳ありませんでした

イラスト
朝野ペコ

テレビで今日も流れる謝罪会見。飛び交う罵声《ばせい》、瞬くフラッシュ、憤《いきどお》りとともに味わうすこしの爽快感——でもそれでいいの？

冷徹冷血で報酬は法外《ほうがい》、謝罪コンサルタント・山王丸《さんのうまる》の元で新しく働くことになったのは、私⁉　単なるお笑い好きの事務員がひょんなことから覗《のぞ》き込むことになった「謝罪会見のリアル」は波乱とドラマに満ちていた！　感動の爽快エンターテインメント！

講談社
タイガ

徳永 圭

帝都上野のトリックスタア

イラスト
カズアキ

「悩める人々を救う、裏社会の掃除人がいるらしい」

大正十年、文化隆盛に華やぐ東京。姿を消した最愛の姉を捜す少年・小野寺勇《おのでらいさむ》はそんな噂を追い、一人の男に辿り着く。妖《あや》しく人を魅了する紳士、若槻《わかつき》・ウィリアム・誠一郎《せいいちろう》。勇は掴みどころのないウィルに翻弄されつつ、姉捜しを依頼した。大きな秘密を抱えながら……。そして事態は帝都を揺るがす大騒動へ発展する。